Las intermitencias de la muerte

Alfaguara es un sello editorial del Grupo Santillana

www. alfaguara.com

Argentina
Av. Leandro N. Alem, 720
C 1001 AAP Buenos Aires
Tel. (54 114) 119 50 00
Fax (54 114) 912 74 40

Bolivia
Avda. Arce, 2333
La Paz
Tel. (591 2) 44 11 22
Fax (591 2) 44 22 08

Chile
Dr. Aníbal Ariztía, 1444
Providencia
Santiago de Chile
Tel. (56 2) 384 30 00
Fax (56 2) 384 30 60

Colombia
Calle 80, 10-23
Bogotá
Tel. (57 1) 635 12 00
Fax (57 1) 236 93 82

Costa Rica
La Uruca
Del Edificio de Aviación Civil 200 m al Oeste
San José de Costa Rica
Tel. (506) 220 42 42 y 220 47 70
Fax (506) 220 13 20

Ecuador
Avda. Eloy Alfaro, 33-347
Quito
Tel. (593 2) 244 66 56 y 244 21 54
Fax (593 2) 244 87 91

España
Torrelaguna, 60
28043 Madrid
Tel. (34 91) 744 90 60
Fax (34 91) 744 92 24

Estados Unidos
2105 N.W. 86th Avenue
Doral, F.L. 33122
Tel. (1 305) 591 95 22 y 591 22 32
Fax (1 305) 591 91 45

Guatemala
7ª Avda. 11-11
Zona 9
Guatemala C.A.
Tel. (502) 24 29 43 00
Fax (502) 24 29 43 43

México
Avda. Universidad, 767
Colonia del Valle
03100 México D.F.
Tel. (52 5) 554 20 75 30
Fax (52 5) 556 01 10 67

Paraguay
Avda. Venezuela, 276,
entre Mariscal López y España
Asunción
Tel./fax (595 21) 213 294 y 214 983

Perú
Avda. San Felipe, 731
Jesús María
Lima
Tel. (51 1) 218 10 14
Fax. (51 1) 463 39 86

Puerto Rico
Avda. Roosevelt, 1506
Guaynabo 00968
Puerto Rico
Tel. (1 787) 781 98 00
Fax (1 787) 782 61 49

República Dominicana
Juan Sánchez Ramírez, 9
Gazcue
Santo Domingo R.D.
Tel. (1809) 682 13 82 y 221 08 70
Fax (1809) 689 10 22

Uruguay
Constitución, 1889
11800 Montevideo
Tel. (598 2) 402 73 42 y 402 72 71
Fax (598 2) 401 51 86

Venezuela
Avda. Rómulo Gallegos
Edificio Zulia, 1º - Sector Monte Cristo
Boleita Norte
Caracas
Tel. (58 212) 235 30 33
Fax (58 212) 239 79 52

BIBLIOTECA

José Saramago

Las intermitencias de la muerte

Traducción de Pilar del Río

ALFAGUARA

ALFAGUARA

Título original: As intermitências da morte
© 2005, José Saramago y Editorial Caminho, S. A., Lisboa.
Con autorización de Dr. Ray-Güde Mertin, Literarische
   Agentur, Bad Homburg, Alemania
© De la traducción: Pilar del Río
© 2005, Santillana Ediciones Generales, S. L.
© De esta edición:
   2005, Distribuidora y Editora Aguilar, Altea, Taurus, Alfaguara, S.A.
   Calle 80 No. 10-23
   Teléfono (571) 635 12 00
   Telefax (571) 236 93 82
   www.alfaguara.com

• Aguilar, Altea, Taurus, Alfaguara S. A.
Av. Leandro N. Alem 720 (C1001AAP), Buenos Aires

• Aguilar, Altea, Taurus, Alfaguara S. A. de C. V.
Avda. Universidad, 767, Col. del Valle,
México, D.F. C. P. 03100

• Santillana Ediciones Generales, S. L.
Torrelaguna, 60. 28043 Madrid

ISBN: 958-704-364-2
Impreso en Colombia-Printed in Colombia

© Diseño de cubierta: Manuel Estrada

El papel utilizado para la impresión de este libro ha sido fabricado a partir de madera procedente de bosques y plantaciones gestionadas con los más altos estándares ambientales, garantizando una explotación de los recursos sostenible con el medio ambiente y beneficiosa para las personas.
   Por este motivo, Greenpeace acredita que este libro cumple los requisitos ambientales y sociales necesarios para ser considerado un libro «amigo de los bosques». El proyecto «Libros Amigos de los Bosques» promueve la conservación y el uso sostenible de los bosques, en especial de los Bosques Primarios, los últimos bosques vírgenes del planeta.

Libro Amigo de los Bosques
GREENPEACE

A Pilar, mi casa

Sabremos cada vez menos
qué es un ser humano.

LIBRO DE LAS PREVISIONES

Piensa por ex. más en la muerte, - & sería extraño en verdad que no tuvieras que conocer por ese hecho nuevas representaciones, nuevos ámbitos del lenguaje.

WITTGENSTEIN

Al día siguiente no murió nadie. El hecho, por absolutamente contrario a las normas de la vida, causó en los espíritus una perturbación enorme, efecto a todas luces justificado, basta recordar que no existe noticia en los cuarenta volúmenes de la historia universal, ni siquiera un caso para muestra, de que alguna vez haya ocurrido un fenómeno semejante, que pasara un día completo, con todas sus pródigas veinticuatro horas, contadas entre diurnas y nocturnas, matutinas y vespertinas, sin que se produjera un fallecimiento por enfermedad, una caída mortal, un suicidio conducido hasta el final, nada de nada, como la palabra nada. Ni siquiera uno de esos accidentes de automóvil tan frecuentes en ocasiones festivas, cuando la alegre irresponsabilidad o el exceso de alcohol se desafían mutuamente en las carreteras para decidir quién va a llegar a la muerte en primer lugar. El fin de año no había dejado tras de sí el habitual y calamitoso reguero de óbitos, como si la vieja átropos de regaño amenazador hubiese decidido envainar la tijera durante un día. Sangre, sin embargo, hubo, y no poca. Desorientados, confusos, horrorizados, dominando a duras penas las náuseas, los bomberos extraían de la amalgama de destrozos míseros cuerpos humanos que, de acuerdo con la lógica matemática de las colisiones, deberían estar muertos y bien muertos, pero que, pese a la gravedad de las heridas y de los traumatismos sufridos, se mantenían vivos y así eran transportados a los hospitales, bajo el sonido dilacerante de las sirenas de las ambulancias. Ninguna de esas personas moriría en el camino y todas iban a desmentir los más pesimistas pronósticos médicos, Este pobre diablo no tiene remedio posible, no merece la pena perder tiempo operándolo, le decía el cirujano a la enfermera mientras ésta le ajustaba la mascarilla a la cara. Realmente, quizá no hubiera salvación para el desdichado el día anterior, pero lo que quedaba claro era que la víctima se negaba a morir en éste. Y lo que sucedía aquí, sucedía en todo el país. Hasta la medianoche en punto del último día del año aún hubo gente que aceptó morir en el más fiel acatamiento de las reglas, tanto las que se refieren al fondo de la cuestión, es decir, se acabó la vida, como las que se atienen a las múltiples formas en que éste, el dicho fondo de la cuestión, con mayor o menor pompa y solemnidad, suele revestirse cuando llega el momento fatal. Un caso sobre todos interesante, obviamente por tratarse de quien se trata, es el de la ancianísima y veneranda reina madre. A las veintitrés horas y cincuenta y nueve minutos de aquel treinta y uno de diciembre nadie sería tan ingenuo para apostar el palo de una cerilla quemada por la vida de la real señora. Perdida cualquier los dos movimientos supieron ponerse de acuerdo, y fue nombrar para la presidencia honoraria, dada su eminente calidad de precursor, al intrépido veterano que, en el instante supremo, había desafiado y derrotado a la muerte. Hasta donde se sabe, no se le atribuyó particular importancia al hecho de que el abuelo se encuentre en estado de coma profundo y, según todos los indicios, irreversible.

Aunque la palabra crisis no sea ciertamente la más apropiada para caracterizar los singularísimos sucesos que venimos narrando, por tanto sería absurdo, incongruente y atentatorio contra la lógica más común hablar de crisis en una situación existencial justamente privilegiada por la ausencia de la muerte, se comprenderá que algunos ciudadanos, celosos de su derecho a una información veraz, se pregunten a sí mismos, y unos a otros, qué diablos pasa con el gobierno, que hasta ahora no ha dado la menor señal de vida. Es cierto que el ministro de sanidad, interpelado cuando pasaba en el breve intervalo entre dos reuniones, había explicado a los periodistas que, teniendo en cuenta la falta de elementos suficientes de juicio, cualquier declaración oficial sería forzosamente prematura, Estamos tratando de colegir las informaciones que nos llegan de todo el país, añadió, y realmente en ninguna se hace mención de fallecimientos, pero, como se puede suponer, pillados por sorpresa como todo el mundo, todavía no estamos preparados para enunciar una primera idea sobre el origen del fenómeno y sobre sus implicaciones, tanto las inmediatas como las futuras. Podría haberse quedado aquí, lo que, teniendo en cuenta las dificultades de la situación, ya sería de agradecer, pero el conocido impulso de recomendar tranquilidad a las personas a propósito de todo y de nada, de mantenerlas sosegadas en el redil sea como sea, ese tropismo que en los políticos, en particular si están en el gobierno, se ha convertido en una segunda naturaleza, por no decir automatismo, movimiento mecánico, le obligó a rematar la intervención de la peor manera, Como responsable de la cartera de sanidad, les aseguro a quienes me escuchan que no existe motivo alguno de alarma, Si he entendido bien lo que acabo de oír, observó un periodista con tono que no quería parecer demasiado irónico, en su opinión de ministro no es alarmante el hecho de que nadie esté muriendo, Exacto, aunque con otras palabras, es eso mismo lo que he dicho, Señor ministro, permítame que le recuerde que todavía ayer había personas que morían y a nadie se le pasaba por la cabeza que eso fuera alarmante, Es lógico, lo habitual es morir, y morir sólo es alarmante cuando las muertes se multiplican, una guerra, una epidemia, por ejemplo, Es decir, cuando se salen de la rutina, Podría decirse así, Pero, ahora que no se encuentra a nadie dispuesto a morir, es cuando usted nos pide que no nos alarmemos, convendrá conmigo que, por lo menos, es bastante paradójico, Es la fuerza de la costumbre, reconozco que el término alarma no tiene aquí cabida, Qué otra palabra usaría entonces, señor ministro, le pregunto porque, como periodista consciente de mis obligaciones que presumo ser, me preocupa emplear el término exacto siempre que sea posible. Ligeramente enfadado con la insistencia, el ministro respondió secamente, No una, sino cuatro, Cuáles, señor ministro, No alimentemos falsas esperanzas. Habría sido, sin duda, un buen y honesto titular para el periódico del día siguiente, pero el director, tras consultar con su redactor jefe, consideró desaconsejable, incluso desde el punto de vista empresarial, lanzar ese cubo de agua fría sobre el entusiasmo popular, Ponga lo mismo de siempre, Año Nuevo, Vida Nueva, dijo.

En el comunicado oficial, finalmente difundido cuando la noche ya iba avanzada, el jefe del gobierno ratificaba que no se había registrado ninguna defunción en todo el país desde el inicio del nuevo año, pedía comedimiento y sentido de la responsabilidad en los análisis e interpretaciones que del extraño suceso pudieran ser elaborados, recordaba que no se debería excluir la posibilidad de que se tratara de una casualidad fortuita, de una alteración cósmica meramente accidental y sin continuidad, de una conjunción excepcional de coincidencias intrusas en la ecuación espacio-tiempo, pero que, por si acaso, ya se habían iniciado contactos exploratorios ante los organismos internacionales competentes para habilitar al gobierno en una acción tanto más eficaz cuanto más concertada pudiera ser. Enunciadas estas vaguedades pseudocientíficas, destinadas también a tranquilizar, por lo incomprensibles, el desbarajuste que reinaba en el país, el primer ministro concluía afirmando que el gobierno se encontraba preparado para todas las eventualidades humanamente imaginables, decidido a encarar con valentía y con el indispensable apoyo de la ciudadanía los complejos problemas sociales, económicos, políticos y morales que la extinción definitiva de la muerte inevitablemente suscitaría, en el caso, más que previsible, de que llegara a confirmarse. Aceptaremos el reto de la inmortalidad del cuerpo, exclamó con tono arrebatado, si es ésa la voluntad de dios, a quien agradeceremos por siempre jamás, con nuestras oraciones, que haya escogido al buen pueblo de este país como su instrumento. Significa esto, pensó el jefe del gobierno al terminar la lectura, que estamos con la soga al cuello. No se podía imaginar hasta qué punto la soga iba a apretarle. Todavía no había pasado media hora cuando, en el coche oficial que lo conducía a casa, recibió una llamada del cardenal, Buenas noches, señor primer ministro, Buenas noches, eminencia, Le telefoneo para decirle que me siento profundamente consternado, También yo, eminencia, la situación es muy grave, la más grave de cuantas el país ha vivido hasta hoy, No se trata de eso, De qué se trata entonces, eminencia, Es deplorable desde todos los puntos de vista que, al redactar la declaración que acabo de escuchar, usted no tuviera en cuenta aquello que constituye los cimientos, la viga maestra, la piedra angular, la llave de la bóveda de nuestra santa religión, Eminencia, perdone, recelo no comprender adónde quiere llegar, Sin muerte, óigame bien, señor primer ministro, sin muerte no hay resurrección, y sin resurrección no hay iglesia, Demonios, No he entendido lo que ha dicho, repítalo, por favor, Estaba callado, eminencia, probablemente habrá sido alguna interferencia causada por la electricidad atmosférica, por la estática, o un problema de cobertura, el satélite a veces falla, decía usted que, Decía lo que cualquier católico, y usted no es excepción, tiene obligación de saber, que sin resurrección no hay iglesia, además, cómo se le metió en la cabeza que dios podría querer su propio fin, afirmarlo es una idea absolutamente sacrílega, tal vez la peor de las blasfemias, Eminencia, no he dicho que dios quiera su propio fin, No con esas exactas palabras, pero admitió la posibilidad de que la inmortalidad del cuerpo resultara de la voluntad de dios, no es necesario estar doctorado en lógica trascendental para darse cuenta de que quien dice una cosa dice la otra, Eminencia, por favor, créame, fue una simple frase de efecto destinada a impresionar, un remate del discurso, nada más, bien sabe que la política tiene estas necesidades, También la iglesia las tiene, señor primer ministro, pero nosotros meditamos mucho antes de abrir la boca, no hablamos por hablar, calculamos los efectos a distancia, nuestra especialidad, si quiere que le dé una imagen que se comprenda mejor, es la balística, Estoy desolado, eminencia, En su lugar yo también lo estaría. Como si estuviera calculando el tiempo que tardaría la granada en caer, el cardenal hizo una pausa, luego, en un tono más suave, más cordial, dijo, Me gustaría saber si dio a conocer la declaración a su majestad antes de leerla ante los medios de comunicación social, Naturalmente, eminencia, tratándose de un asunto de tanto melindre, Y qué dice el rey, si no es secreto de estado, Le pareció bien, Hizo algún comentario al acabar, Estupendo, Estupendo, qué, Es lo que dijo su majestad, estupendo, Quiere decirme que también blasfemó, No soy competente para formular juicios de esa naturaleza, eminencia, vivir con mis propios errores ya me cuesta demasiado trabajo, Tendré que hablar con el rey, recordarle que, en una situación como ésta, tan confusa, tan delicada, sólo la observancia fiel y sin desfallecimientos de las probadas doctrinas de nuestra santa madre iglesia podrá salvar al país del pavoroso caos que se nos viene encima, Vuestra eminencia decidirá, está en su papel, Le preguntaré a su majestad qué prefiere, si ver a la reina madre siempre agonizante, postrada en un lecho del que no volverá a levantarse, con el inmundo cuerpo reteniéndole indignamente el alma, o verla, por morir, triunfadora de la muerte, en la gloria eterna y resplandeciente de los cielos, Nadie dudaría la respuesta, Sí, pero al contrario de lo que se cree, no son tanto las respuestas lo que me importa, señor primer ministro, sino las preguntas, obviamente me refiero a las nuestras, fíjese cómo suelen tener, al mismo tiempo, un objetivo a la vista y una intención que va escondida detrás, si las hacemos no es sólo para que nos respondan lo que en ese momento necesitamos que los interpelados escuchen de su propia boca, es también para que se vaya preparando el camino de las futuras respuestas, Más o menos como en la política, eminencia, Así es, pero la ventaja de la iglesia es que, aunque a veces no lo parezca, al gestionar lo que está arriba, gobierna lo que está abajo. Hubo una nueva pausa, que el primer ministro interrumpió, Estoy casi llegando a casa, eminencia, pero, si me lo permite, todavía me gustaría exponerle una breve cuestión, Dígame, Qué hará la iglesia si nunca más muere nadie, Nunca más es demasiado tiempo, incluso tratándose de la muerte, señor primer ministro, Creo que no me ha respondido, eminencia, Le devuelvo la pregunta, qué hará el estado si no muere nadie nunca más, El estado tratará de sobrevivir, aunque dudo mucho que lo consiga, pero la iglesia, La iglesia, señor primer ministro, está de tal manera habituada a las respuestas eternas que no puedo imaginarla dando otras, Aunque la realidad las contradiga, Desde el principio no hemos hecho otra cosa que contradecir la realidad, y aquí estamos, Qué dirá el papa, Si yo lo fuera, que dios me perdone la estulta vanidad de pensarme como tal, mandaría poner en circulación una nueva tesis, la de la muerte pospuesta, Sin más explicaciones, A la iglesia nunca se le ha pedido que explicara esto o aquello, nuestra otra especialidad, además de la balística, ha sido neutralizar, por la fe, el espíritu curioso, Buenas noches, eminencia, hasta mañana, Si dios quiere, señor primer ministro, siempre si dios quiere, Tal como están las cosas en este momento, no parece que pueda evitarlo, No se olvide, señor primer ministro, que fuera de las fronteras de nuestro país se sigue muriendo con toda normalidad, y eso es una buena señal, Cuestión de punto de vista, eminencia, tal vez fuera nos estén mirando como un oasis, un jardín, un nuevo paraíso, O un infierno, si fueran inteligentes, Buenas noches, eminencia, le deseo un sueño tranquilo y reparador, Buenas noches, señor primer ministro, si la muerte decide regresar esta noche, espero que no tenga la ocurrencia de elegirlo a usted, Si la justicia en este mundo no es una palabra vana, la reina madre debería irse antes que yo, Le prometo no denunciarlo mañana ante el rey, Cuánto se lo agradezco, eminencia, Buenas noches, Buenas noches.

Eran las tres de la madrugada cuando el cardenal tuvo que ser trasladado a todo correr al hospital con un ataque de apendicitis aguda que obligó a una inmediata intervención quirúrgica. Antes de ser succionado por el túnel de la anestesia, en ese instante veloz que precede a la pérdida total de la conciencia, pensó lo que tantos otros han pensado, que podía morir en la operación, después recordó que tal ya no era posible, y, finalmente, en un último destello de lucidez, todavía se le pasó por la mente la idea de que si, a pesar de todo, muriese de verdad, eso significaría que habría, paradójicamente, vencido a la muerte. Arrebatado por una irresistible ansia de sacrificio iba a implorar a dios que lo matase, pero no llegó a tiempo de poner las palabras en orden. La anestesia le ahorró el supremo sacrilegio de querer transferir los poderes de la muerte hacia un dios más generalmente conocido como dador de vida.

Aunque hubiese sido inmediatamente puesto en ridículo por los periódicos de la competencia, que fueron capaces de arrancar de la inspiración de sus redactores principales los más diversos y sustanciosos titulares, algunas veces dramáticos, líricos otras, y, aunque pocos, filosóficos o místicos, cuando no de conmovedora ingenuidad, como el de un diario popular que se contentó con la pregunta, Y Ahora Qué Será De Nosotros, añadiendo al final de la frase el alarde gráfico de una enorme interrogación, el ya comentado titular Año Nuevo, Vida Nueva, pese a su aflictiva banalidad, cayó como miel sobre hojuelas en algunas personas que, por temperamento natural o educación adquirida, preferían por encima de todo la firmeza de un optimismo más o menos pragmático, incluso cuando tuvieran motivos para sospechar que se trataba de una mera y tal vez fugaz apariencia. Habiendo vivido, hasta estos días de confusión, en lo que creían que era el mejor de todos los mundos posibles y probables, descubrían, complacidos, que lo mejor, lo mejor realmente, estaba llegando ahora, ya lo tenían ahí mismo, ante la puerta de casa, una vida única, maravillosa, sin el miedo cotidiano a la chirriante tijera de la parca, la inmortalidad en la patria que nos dio el ser, a salvo de incomodidades metafísicas y gratis para todo el mundo, sin un sobre lacrado para abrir a la hora de la muerte, tú al paraíso, tú al purgatorio, tú al infierno, en esta encrucijada se separaban en otros tiempos, queridos compañeros de este valle de lágrimas llamado tierra, nuestros destinos en el otro mundo. Así pues, no tuvieron los periódicos reticentes o problemáticos otra solución, y con éstos las televisiones y las radios afines, que unirse a la marea alta de alegría colectiva que se extendía de norte a sur y de este a oeste, refrescando las mentes temerosas y arrastrando lejos de la vista la larga sombra de tánatos. Con el paso de los días, y viendo que realmente no moría nadie, los pesimistas y los escépticos, poco a poco al principio, después en masa, se fueron uniendo al mare mágnum de ciudadanos que aprovechaban todas las ocasiones para salir a la calle y proclamar, y gritar, que, ahora sí, la vida es bella.

Un día, una señora en estado de viudez reciente, no encontrando otra manera de manifestar la nueva felicidad que le inundaba el ser, bien es verdad que con el ligero dolor de saber que, al no morir ella, nunca más volvería a ver al llorado difunto, tuvo la ocurrencia de colgar en la calle, en el florido balcón de su comedor, la bandera nacional. Fue lo que se suele llamar dicho y hecho. En menos de cuarenta y ocho horas el abanderamiento se extendió por todo el país, los colores y los símbolos de la bandera ocuparon el paisaje, con mayor visibilidad en las ciudades por la evidente razón de que se benefician de más balcones y ventanas que el campo. Era imposible resistirse a tal fervor patriótico, sobre todo porque, llegadas de no se sabe dónde, comenzaron a difundirse ciertas declaraciones inquietantes, por no decir francamente amenazadoras, como por ejemplo, Quien no ponga la inmortal bandera de la patria en la ventana de su casa no merece estar vivo, Quienes no anden con la bandera nacional bien a la vista es porque se han vendido a la muerte, Únete, sé patriota, compra una bandera, Compra otra, Compra otra más, Abajo los enemigos de la vida, la suerte que tienen es que ya no haya muerte. Las calles eran un auténtico real de insignias desplegadas batidas por el viento, si soplaba, o, cuando no, un ventilador eléctrico colocado con maña hacía esa función, y si la potencia del aparato no era suficiente para que el estandarte virilmente ondease, obligándolo a dar esos chasquidos de látigo que tanto exaltan a los espíritus marciales, al menos permitía que honrosamente ondearan los colores de la patria. Algunas personas, pocas, con mucho sigilo murmuraban que aquello era una exageración, un despropósito, que más pronto que tarde no quedaría más remedio que retirar ese enredo de banderas, Y cuanto antes lo hagamos, mejor, porque de la misma manera que demasiada azúcar en el pudín empacha el paladar y perjudica el proceso digestivo, también el normal y más que justo respeto por los emblemas patrióticos acabará convertido en chacota si permitimos que resbale en auténticos atentados contra el pudor, como los exhibicionistas de gabardina de execrada memoria. Además, decían, si las banderas están ahí para celebrar el hecho de que la muerte ha dejado de matar, una de dos, o las retiramos antes de que hartos comencemos a detestar los símbolos de la patria, o vamos a pasar el resto de la vida, es decir, la eternidad, sí, decimos bien, la eternidad, mudándolos cada vez que los pudra la lluvia, que el viento los desgarre o el sol les coma los colores. Eran poquísimas las personas que tenían la valentía de poner así, públicamente, el dedo en la llaga, y hubo un pobre hombre que tuvo que pagar el antipatriótico desahogo con una paliza que, si no se le terminó allí la pobre vida, fue porque la muerte había dejado de operar en este país desde primeros de año.

No todo es fiesta, porque, al lado de unos cuantos que ríen, siempre habrá otros que lloren, y a veces, como en el presente caso, por las mismas razones. Importantes sectores profesionales, seriamente preocupados con la situación, ya comenzaron a transmitir la expresión de su descontento ante quien procediera. Como era de esperar, las primeras y formales reclamaciones llegaron de las empresas del negocio funerario. Brutalmente desprovistos de su materia prima, los propietarios comenzaron haciendo el gesto clásico de llevarse la mano a la cabeza, gimiendo en plañidero coro, Y ahora, qué será de nosotros, pero luego, ante la perspectiva de una catastrófica quiebra que a nadie del gremio funéreo salvaría, convocaron asamblea general del sector, a cuyo término, tras acaloradas discusiones, todas ellas improductivas porque todas, sin excepción, se daban de bruces contra el muro indestructible de la falta de colaboración de la muerte, esa a que se habían habituado, de padres a hijos, como algo que por naturaleza les era debido, aprobaron un documento para someterlo a la consideración del gobierno de la nación, documento que adoptaba la única propuesta constructiva, constructiva, sí, aunque también hilarante, que fue presentada a debate, Se van a reír de nosotros, avisó el presidente de la mesa, pero reconozco que no tenemos otra salida, o esto, o será la ruina del sector. Informaba el documento de que, reunidos en asamblea general extraordinaria para examinar la gravísima crisis en que se estaban debatiendo con motivo de la falta de abastecimiento en todo el país, los representantes de las agencias funerarias, después de intenso y participativo análisis, durante el cual siempre había imperado el respeto por los supremos intereses de la nación, llegaron a la conclusión de que todavía era posible evitar las dramáticas consecuencias de lo que sin duda iba a pasar a la historia como la peor calamidad colectiva que nos cayó encima desde la fundación de la nacionalidad, o sea, que el gobierno decida declarar obligatorios los entierros o la incineración de todos los animales domésticos que fenezcan de muerte natural o por accidente, y que tal entierro o incineración, regulados y aprobados, sean obligatoriamente realizados por la industria funeraria, teniendo en cuenta los méritos prestados en el pasado como auténtico servicio público que ha sido, en el sentido más profundo de la expresión, generaciones tras generaciones. El documento proseguía, Solicitamos también la mejor atención del gobierno para con el hecho de que la indispensable reconversión de la industria no será viable sin abultadas inversiones, ya que no es lo mismo sepultar a un ser humano que llevar hasta su última morada a un gato o un canario, y por qué no decir un elefante de circo o un cocodrilo de bañera, siendo por tanto necesario reformular de arriba abajo nuestro know how tradicional, sirviendo de providencial apoyo a esta indispensable actualización la experiencia ya adquirida desde la oficialización de los cementerios de animales, o sea, lo que hasta ahora no había pasado de intervención marginal de nuestra industria, aunque, no lo negamos, bastante lucrativa, pasará a ser actividad exclusiva, evitando así, en la medida de lo posible, el despido de centenares si no millares de abnegados y valerosos trabajadores que durante todos los días de su vida se han enfrentado valerosamente a la imagen terrible de la muerte y a quienes la misma muerte ahora les da de forma inmerecida la espalda, Expuesto lo que, señor primer ministro, rogamos, con vista a la merecida protección de una profesión a lo largo de milenios clasificada de utilidad pública, se digne considerar, no solamente la urgencia de una decisión favorable, sino también, en paralelo, la apertura de una línea de créditos bonificados, o mejor, y eso sería oro sobre azul, o dorado sobre negro, que son nuestros colores, por no decir de la más elemental justicia, la concesión de préstamos a fondo perdido que ayuden a viabilizar la rápida revitalización de un sector cuya supervivencia se encuentra amenazada por primera vez en la historia, y desde mucho antes de ella, en todas las épocas de la prehistoria, pues nunca a un cadáver humano debe de haberle faltado quien, más pronto o más tarde, acudiese a enterrarlo, aunque no fuera nada más que la generosa tierra abriéndose. Respetuosamente, solicitamos de V. E. que atienda nuestra solicitud.

Tampoco los directores y administradores de los hospitales, tanto los del estado como los privados, tardaron mucho en llamar a la puerta del ministerio del ramo, el de sanidad, para expresar ante los servicios competentes sus inquietudes y sus ansias, las cuales, por extraño que parezca, casi siempre tenían más que ver con cuestiones logísticas que propiamente sanitarias. Afirmaban que el corriente proceso rotativo de enfermos entrados, enfermos curados y enfermos muertos había sufrido, por decirlo así, un cortocircuito o, si queremos hablar con términos menos técnicos, un embotellamiento como el de los coches, y cuya causa radicaba en la permanencia indefinida de un número cada vez mayor de internados que, por la gravedad de sus enfermedades o de los accidentes de que fueron víctimas, ya habrían pasado, en circunstancias normales, a otra vida. La situación es difícil, argumentaban, ya empezamos a colocar a enfermos en los pasillos, o sea, más de lo que era habitual, y todo indica que en menos de una semana nos toparemos no sólo con la escasez de camas, sino también, estando repletos los pasillos y las salas, sin saber, por falta de espacio y dificultades de maniobra, dónde colocar las que todavía estén disponibles. Es cierto que hay una manera de resolver el problema, concluían los responsables hospitalarios, aunque ésta quizá ofenda de pasada el juramento hipocrático, la decisión, en caso de ser tomada, no podrá ser ni médica ni administrativa, sino política. Como a buen entendedor siempre le ha bastado con media palabra, el ministro de sanidad, tras haber consultado con el primer ministro, dio salida al siguiente despacho, Considerando la imparable sobreocupación de internos que ya comienza a perjudicar seriamente el hasta ahora excelente funcionamiento de nuestro sistema hospitalario y que es la directa consecuencia del creciente número de personas ingresadas en estado de vida suspendida y que así se mantendrán por tiempo indefinido, sin ninguna posibilidad de cura o de simple mejoría, por lo menos hasta que la investigación médica alcance las nuevas metas que se ha propuesto, el gobierno aconseja y recomienda a las direcciones y administraciones de los hospitales que, tras un análisis riguroso, caso por caso, del perfil clínico de los enfermos que se encuentren en esa situación, y confirmándose la irreversibilidad de los respectivos procesos mórbidos, sean entregados a los cuidados de las familias, asumiendo los establecimientos de salud la responsabilidad de asegurarles a los enfermos, sin reserva, todos los tratamientos y exámenes que sus médicos de cabecera todavía juzguen necesarios o aconsejables. Se fundamenta esta decisión del gobierno en una premisa fácil y admisible por todas las personas, la de que a un paciente en tal estado, permanentemente al borde de un fallecimiento que permanentemente le viene siendo negado, deberá serle poco menos que indiferente, incluso en algún momento de lucidez, el lugar donde se encuentre, ya sea en el seno cariñoso de su familia o en la congestionada sala de un hospital, puesto que ni aquí ni allí conseguirá morir, como tampoco allí ni aquí podrá recuperar la salud. El gobierno quiere aprovechar esta oportunidad para informar a la población de que prosiguen a ritmo acelerado los trabajos de investigación que, así lo espera y confía, nos conducirán a un conocimiento satisfactorio de las causas, hasta este momento todavía misteriosas, de la súbita desaparición de la muerte. Igualmente informa que una nutrida comisión interdisciplinaria, incluyendo representantes de las diversas religiones en vigor y filósofos de las diversas escuelas en actividad, que en estos asuntos siempre tienen una palabra que decir, está encargada de la delicada tarea de reflexionar sobre lo que será un futuro sin muerte, al mismo tiempo que intentará elaborar una previsión plausible de los nuevos problemas que la sociedad tendrá que encarar, el principal de los cuales algunos han resumido en esta cruel pregunta, Qué vamos a hacer con los viejos, si ya no está ahí la muerte para cortarles el exceso de veleidades macrobias.

Los hogares para la tercera y cuarta edad, esas benefactoras instituciones creadas en atención a la tranquilidad de las familias que no tienen tiempo ni paciencia para limpiar los mocos, atender los esfínteres fatigados y levantarse de noche para poner la bacinilla, tampoco tardarán, tal como ya lo habían hecho los hospitales y las funerarias, en dar con la cabeza en el muro de las lamentaciones. Haciendo justicia a quien se debe, tenemos que reconocer que la incertidumbre en que se encuentran divididos, es decir, continuar o no continuar recibiendo huéspedes, era una de las más angustiantes que podrían desafiar los esfuerzos equitativos y el talento planificador de cualquier gestor de recursos humanos. Principalmente porque el resultado final, y esto es lo que caracteriza los auténticos dilemas, siempre iba a ser el mismo. Habituados hasta ahora, tal como sus quejosos colegas de la inyección intravenosa y de la corona de flores con cinta morada, a la seguridad resultante de la continua e imparable rotación de vidas y muertes, unas que venían entrando, otras que iban saliendo, los hogares de la tercera y cuarta edad no querían ni pensar en un futuro de trabajo en que los objetos de sus cuidados no mudarían nunca de cara y de cuerpo, salvo para exhibirlos más lamentables cada día que pasase, más decadentes, más tristemente descompuestos, el rostro encogido, arruga tras arruga, igual que una pasa de uva, los miembros trémulos y dubitativos, como un barco que inútilmente anduviese en busca de la brújula que había caído en el mar. Un nuevo huésped siempre era motivo de regocijo para los hogares del feliz ocaso, tenía un nombre que iba a ser necesario retener en la memoria, hábitos propios traídos del mundo exterior, manías que eran sólo suyas, como un cierto funcionario retirado que todos los días tenía que lavar a fondo el cepillo de dientes porque no soportaba ver restos de pasta dentífrica, o aquella anciana que dibujaba árboles genealógicos de su familia y nunca acertaba con los nombres que deberían colgar de las ramas. Durante algunas semanas, hasta que la rutina nivelase la atención debida a los internados, él sería el nuevo, el benjamín del grupo, y lo sería por última vez en su vida, aunque durase tanto como la eternidad, esta que, como del sol suele decirse, brilla para todos los habitantes de este país afortunado, nosotros que veremos extinguirse el astro del día y seguiremos vivos, nadie sabe cómo ni por qué. Ahora, sin embargo, el nuevo huésped, excepto si ocupa alguna vacante que todavía existiera y que redondea el presupuesto del hogar, es alguien cuyo destino se conoce de antemano, no lo veremos salir de aquí para morir en casa o en el hospital, como sucedía en los viejos tiempos, mientras otros huéspedes cerraban con llave apresuradamente la puerta de sus habitaciones, para que la muerte no entrara y se los llevara también a ellos, ya sabemos que todo esto son cosas de un pasado que no volverá, pero alguien del gobierno tendrá que pensar en nuestra suerte, a nosotros, empresario, gerente y empleados de los hogares del feliz ocaso, el destino que se nos presenta es que no haya nadie que nos recoja cuando llegue la hora en que tengamos que bajar los brazos, mire que ni siquiera somos señores de lo que de alguna manera también era nuestro, al menos por el trabajo que nos costó durante años y años, aquí deberá sobreentenderse que los empleados han tomado la palabra, lo que queremos decir es que no habrá sitio para estos que somos en los hogares del feliz ocaso, salvo si despedimos a unos cuantos huéspedes, al gobierno se le había ocurrido la misma idea cuando aquel debate sobre la plétora de los hospitales, que la familia reasuma sus obligaciones, dijeron, pero para eso sería necesario que todavía se encontrase en ella a alguien con suficiente tino en la cabeza y bastante energía en el resto del cuerpo, dones cuyo plazo de validez, como sabemos por experiencia propia y por el panorama que el mundo ofrece, tienen la duración de un suspiro si lo comparamos con esta eternidad recientemente inaugurada, el remedio, salvo opinión más experta, sería multiplicar los hogares del feliz ocaso, no como hasta ahora, aprovechando viviendas y palacetes que tuvieron tiempos mejores, sino construyendo de raíz grandes edificios, con la forma de un pentágono, por ejemplo, de una torre de babel, de un laberinto de cnosos, primero barrios, después ciudades, después metrópolis, o, usando palabras más crudas, cementerios de vivos en donde la fatal e irrenunciable vejez sería cuidada como dios quisiera, hasta no se sabe cuándo, pues sus días no tendrán fin, el problema es peliagudo, y sentimos que es nuestro deber llamar la atención de quien por derecho corresponda, porque, con el paso del tiempo, no sólo habrá más personas de edad en los hogares del feliz ocaso, sino que también será necesaria cada vez más gente para ocuparse de ellos, resultando que el romboide de las edades dará rápidamente una vuelta de pies a cabeza, una masa gigantesca de viejos en la parte de arriba, siempre creciendo, engullendo como una serpiente pitón a las nuevas generaciones, las cuales, a su vez, convertidas en su mayoría en personal de asistencia y administración de los hogares del feliz ocaso, después de haber empleado la mayor parte de su vida cuidando vejestorios de todas las edades, ya sean las normales, ya sean las matusalénicas, multitudes de padres, abuelos, bisabuelos, trisabuelos, tetrabuelos, pentabuelos, hexabuelos, y por ahí, ad infinitum, se unirán, una tras otra, como hojas que se desprenden de los árboles y caen sobre las hojas de los otoños pretéritos, mais où sont les neiges d'antan, al hormiguero interminable de los que, poco a poco, consumirán la vida perdiendo los dientes y el pelo, de las legiones de los de la mala vista y mal oído, de los herniados, de los bronquíticos, de los que se fracturaron el cuello del fémur, de los parapléjicos, de los caquécticos, ahora inmortales, que no son capaces ni de retener la baba que les chorrea por la barbilla, ustedes, señores que nos gobiernan, quizá no nos quieran creer, pero lo que se nos viene encima es la peor de las pesadillas que alguna vez un ser humano pudo haber soñado, ni siquiera en las oscuras cavernas, cuando todo era terror y temblor, se vería una cosa igual, lo decimos nosotros que tenemos la experiencia del primer hogar del feliz ocaso, es cierto que entonces todo era muy pequeño, pero para alguna cosa nos ha de servir la imaginación, si quiere que le hablemos con franqueza, con el corazón en la mano, antes la muerte, señor primer ministro, antes la muerte que semejante suerte.

Una terrible amenaza que se avecina pondrá en peligro la supervivencia de nuestra industria, es lo que declaró ante los medios de comunicación social el presidente de la federación de compañías de seguros, refiriéndose a los muchos miles de cartas que, más o menos con idénticas palabras, como si las hubiesen copiado de un modelo único, estaban entrando en los últimos días en las empresas conteniendo una orden de cancelación inmediata de las pólizas de seguros de vida de los respectivos signatarios. Afirmaban éstos que, teniendo en cuenta el hecho público y notorio de que la muerte había puesto fin a sus días, era absurdo, por no decir simplemente estúpido, seguir pagando unas primas altísimas que sólo servirían, sin ninguna especie de contrapartida, para enriquecer todavía más a las compañías. No estoy para atar perros con longanizas, se desahogaba, en posdata, un asegurado especialmente irritado. Algunos iban más lejos, reclamaban la devolución de las cuantías ya abonadas, pero eso se notaba enseguida que era nada más que un intento, a ver si colaba. A la inevitable pregunta de los periodistas sobre qué pensaban hacer las compañías de seguros para contrarrestar la salva de artillería pesada que de pronto se les vino encima, el presidente de la federación respondió que, aunque los asesores jurídicos estuvieran, en este preciso momento, estudiando con toda atención la letra pequeña de las pólizas en busca de cualquier posibilidad interpretativa que permitiese, siempre dentro de la más estricta legalidad, claro está, imponer a los asegurados heréticos, incluso contra su voluntad, la obligación de pagar mientras estuvieran vivos, es decir, sempiternamente, lo más probable sería que se llegase a un pacto de consenso, un acuerdo entre caballeros, que consistiría en la inclusión de una breve cláusula en las pólizas, tanto para la rectificación de ahora como para la vigencia futura, en que quedaría establecida la edad de ochenta años para muerte obligatoria, obviamente en sentido figurado, se apresuró a añadir el presidente, sonriendo con indulgencia. De esta manera, las compañías cobrarían los premios en la más perfecta normalidad hasta la fecha en que el feliz asegurado cumpliera su octogésimo aniversario, momento en que, puesto que se había convertido en alguien virtualmente muerto, se procedería al cobro del montante íntegro del seguro, que le sería puntualmente satisfecho. Todavía habría que añadir, y esto no es lo menos interesante, que, en el caso de que así lo deseen, los clientes podrán renovar su contrato por otros ochenta años, al final de los cuales, para los efectos debidos, se registraría un segundo óbito, repitiéndose el procedimiento anterior y así sucesivamente. Se oyeron murmullos de admiración y algún conato de aplauso entre los periodistas rápidos en cálculo actuarial, que el presidente agradeció con una inclinación de cabeza. Estratégica y tácticamente, la jugada había sido perfecta, hasta el punto de que al día siguiente comenzaron a llegar cartas a las compañías de seguros dando por nulas y sin efectos las primeras. Todos los asegurados se declaraban dispuestos a aceptar el pacto entre caballeros que se había sugerido, gracias al que se puede decir, sin exageración, que éste ha sido uno de esos rarísimos casos en que nadie pierde y todos ganan. Sobre todo las compañías de seguros, salvadas por los pelos de la catástrofe. Se espera que en las próximas elecciones el presidente de la federación sea reelegido en el cargo que tan brillantemente desempeña.

De la primera reunión de la comisión interdisciplinaria se puede decir de todo menos que haya transcurrido bien. La culpa, si el pesado término tiene aquí cabida, la tuvo el dramático memorando que los hogares del feliz ocaso entregaron al gobierno, en especial esa conminatoria frase que remataba, Antes la muerte, señor primer ministro, antes la muerte que tal suerte. Cuando los filósofos, divididos, como siempre, en pesimistas y optimistas, unos carrancudos, otros risueños, se disponían a recomenzar por milésima vez la agotadora disputa del vaso del que no se sabe si está medio lleno o medio vacío, disputa que, transferida para la cuestión que los había congregado, se acabaría reduciendo, con toda probabilidad, a un mero inventario de las ventajas o desventajas de estar muerto o de vivir para siempre, los delegados de las religiones se presentaron formando un frente unido común con el que aspiraban a establecer el debate en el único terreno dialéctico que les interesaba, es decir, la aceptación explícita de que la muerte era absolutamente fundamental para la realización del reino de dios y que, por tanto, cualquier discusión sobre un futuro sin muerte sería absurda además de blasfema, porque implicaría presuponer, inevitablemente, un dios ausente, por no decir desaparecido. No se trataba de una actitud nueva, el propio cardenal ya apuntó con el dedo el busilis que supondría esta versión teológica de la cuadratura del círculo cuando, en su conversación telefónica con el primer ministro, admitió, bien es verdad que con palabras mucho menos claras, que si se acabara la muerte no podría haber resurrección, y que sin resurrección no tendría sentido que hubiera iglesia. Así pues, siendo éste, pública y notoriamente, el único instrumento de labor de que dios parece disponer en la tierra para labrar los caminos que deberán conducir a su reino, la conclusión obvia e irrebatible es que toda la historia santa termina inevitablemente en un callejón sin salida. Este ácido argumento salió de la boca del filósofo pesimista de más edad, que no contento añadió a continuación, Las religiones, todas, por más vueltas que le demos, no tienen otra justificación para existir que no sea la muerte, la necesitan como pan para la boca. Los delegados de las religiones no se tomaron la molestia de protestar. Al contrario, uno de ellos, reputado integrante del sector católico, dijo, Tiene razón, señor filósofo, justo para eso existimos, para que las personas se pasen toda la vida con el miedo colgado al cuello y, cuando les llegue su hora, acojan la muerte como una liberación, El paraíso, Paraíso o infierno, o cosa ninguna, lo que pase después de la muerte nos importa mucho menos de lo que generalmente se cree, la religión, señor filósofo, es un asunto de la tierra, no tiene nada que ver con el cielo, No es eso lo que nos han habituado a oír, Algo tendríamos que decir para hacer atractiva la mercancía, Eso quiere decir que en realidad no creen en la vida eterna, Hacemos como que sí. Durante un minuto no habló nadie. El mayor de los pesimistas dejó que una vaga y suave sonrisa apareciera en su cara, con el aire de quien acaba de ver coronado de éxito un difícil experimento de laboratorio. Siendo así, intervino un filósofo del ala optimista, Por qué les asusta tanto que la muerte haya acabado, No sabemos si ha acabado, sabemos sólo que ha dejado de matar, que no es lo mismo, De acuerdo, pero, dado que la duda no está resuelta, mantengo la pregunta, Porque si los seres humanos no muriesen, todo estaría permitido, Y eso sería malo, preguntó el filósofo de más edad, Tanto como no permitir nada. Hubo un silencio. A los ocho hombres sentados alrededor de la mesa les había sido encomendado que reflexionasen sobre las consecuencias de un futuro sin muerte y que construyesen a partir de los datos del presente una previsión plausible de las nuevas cuestiones con que la sociedad tendría que enfrentarse, además, excusado será decirlo, del inevitable agravamiento de las cuestiones antiguas. Mejor sería no hacer nada, dijo uno de los filósofos optimistas, los problemas del futuro, el futuro los resolverá, Lo malo es que el futuro es ya hoy, dijo uno de los pesimistas, tenemos aquí, entre otros, los memorandos elaborados por los llamados hogares del feliz ocaso, por los hospitales, por las agencias funerarias, por las compañías de seguros, y salvo el caso de éstas, que siempre encuentran la manera de sacar provecho de cualquier situación, hay que reconocer que las perspectivas no se limitan a ser sombrías, son catastróficas, terribles, exceden en peligros a todo lo que la más delirante imaginación pueda concebir, Sin ánimo de ser irónico, que en las actuales circunstancias sería de pésimo gusto, observó un integrante no menos reputado del sector protestante, me parece que esta comisión ya nació muerta, Los hogares del feliz ocaso tienen razón, antes la muerte que tal suerte, dijo el portavoz de los católicos, Qué piensan hacer, preguntó el pesimista de más edad, aparte de proponer la extinción inmediata de la comisión, como parece que ustedes desean, Por nuestra parte, iglesia católica, apostólica y romana, organizaremos una campaña nacional de oraciones para rogar a dios que providencie el regreso de la muerte lo más rápidamente posible a fin de ahorrarle a la pobre humanidad los peores horrores, Dios tiene autoridad sobre la muerte, preguntó uno de los optimistas, Son las dos caras de la misma moneda, a un lado el rey, al otro la corona, Siendo así, tal vez la muerte se haya retirado por orden de dios, En su tiempo conoceremos los motivos de esta probación, mientras tanto vamos a poner los rosarios a trabajar, Nosotros haremos lo mismo, me refiero a las oraciones, claro, no a los rosarios, sonrió el protestante, Y también sacaremos procesiones a las calles de todo el país pidiendo la muerte, de la misma manera que lo hicimos ad petendam pluviam, para pedir la lluvia, tradujo el católico, A tanto no llegaremos nosotros, esas procesiones no forman parte de las manías que cultivamos, volvió a sonreír el protestante. Y nosotros, preguntó uno de los filósofos optimistas con un tono que parecía anunciar su próximo ingreso en las filas contrarias, qué vamos a hacer a partir de ahora, cuando parece que todas las puertas se han cerrado, Para empezar, levantar la sesión, respondió el de más edad, Y luego, Seguir filosofando, ya que nacimos para esto, y aunque sea sobre el vacío, Para qué, Para qué, no sé, Entonces, por qué, Porque la filosofía necesita tanto de la muerte como las religiones, si filosofamos es porque sabemos que moriremos, monsieur de montaigne ya dijo que filosofar es aprender a morir.

Incluso no siendo filósofos, al menos en el sentido más común del término, algunos habían conseguido aprender el camino. Paradójicamente, no tanto aprender a morir ellos mismos, porque todavía no les había llegado el tiempo, sino a engañar la muerte de otros, ayudándola. El expediente utilizado, como no tardará en verse, fue una nueva manifestación de la inagotable capacidad inventiva de la especie humana. En una aldea cualquiera, a pocos kilómetros de la frontera con uno de sus países limítrofes, vivía una familia de campesinos pobres que tenía, por mal de sus pecados, no un pariente, sino dos, en estado de vida suspendida o, como se prefería decir, de muerte parada. Uno de ellos era un abuelo de esos a la antigua usanza, un patriarca de carácter duro que la enfermedad había reducido a un mísero guiñapo, aunque no le hizo perder por completo el sentido del habla. El otro era una criatura de pocos meses para la que no hubo tiempo de enseñar ni la palabra vida ni la palabra muerte y ante quien la muerte real se negaba a mostrarse. No morían, no estaban vivos, el médico rural que los visitaba una vez por semana decía que ya nada podía hacer por ellos ni contra ellos, ni siquiera inyectarles, a uno y a otro, una buena droga letal, de esas que no hace mucho tiempo hubieran sido la solución radical para cualquier problema. Como mucho, tal vez pudiera empujarlos un paso hacia donde se supone que la muerte se encuentra, pero sería en vano, inútil, porque en ese preciso instante, inalcanzable como antes, ella daría otro paso y mantendría la distancia. La familia fue a pedirle ayuda al cura, que oyó, levantó los ojos al cielo y no tuvo otra palabra para responder sino que todos estamos en manos de dios y que la misericordia divina es infinita. Pues sí, infinita será, pero no lo suficiente para ayudar a nuestro padre y abuelo a morir en paz ni para salvar a un pobre inocente que no le ha hecho nada malo al mundo. En esto estábamos, ni para delante, ni para atrás, sin remedio y sin esperanza, cuando el viejo habló, Que se acerque alguien, dijo, Quiere agua, preguntó una de las hijas, No quiero agua, quiero morir, Ya sabe que el médico dice que no es posible, padre, recuerde que la muerte se ha terminando, El médico no entiende nada, desde que el mundo es mundo siempre ha habido una hora y un lugar para morir, Ahora no, Ahora sí, Tranquilícese, padre, que le sube la fiebre, No tengo fiebre, y aunque la tuviera, daría lo mismo, así que óyeme con atención, Le estoy oyendo, Acércate más, antes de que se me quiebre la voz, Diga. El viejo musitó algunas palabras al oído de la hija. Ella negaba con la cabeza, pero él insistía e insistía. Esto no va a resolver nada, padre, balbuceó ella estupefacta, pálida de miedo, Lo resolverá, Y si no se resuelve, No perdemos nada por intentarlo, Y si no se resuelve, Es fácil, me traen de vuelta a casa, Y el niño, El niño viene también, si me quedo allí, se quedará conmigo. La hija intentó pensar, se le leía en la cara la confusión, y finalmente preguntó, Y por qué no los traemos y los enterramos aquí, Imagínate lo que pasaría, dos muertos en casa en una tierra donde nadie, por más que se haga, consigue morir, cómo lo explicarías tú, además, tengo mis dudas de que la muerte, tal como están las cosas, nos dejara entrar, Es una locura, padre, Tal vez lo sea, pero no veo otro medio para salir de esta situación, Lo queremos vivo, no muerto, Pero no en el estado en que me ves aquí, un vivo que está muerto, un muerto que parece vivo, Si es así, cumpliremos su voluntad, Dame un beso. La hija le besó la frente y salió a llorar. Desde ahí, bañada en lágrimas, fue a anunciar al resto de la familia que el padre había determinado que lo llevasen esa misma noche al otro lado de la frontera, donde, según su idea, la muerte, todavía en vigor en ese país, no tendría más remedio que aceptarlo.

La noticia se recibió con un sentimiento complejo de orgullo y resignación, orgullo porque no se ve todos los días a un anciano ofrecerse así, con su propio pie, a la muerte que le huye, resignación porque perdido uno, perdido cien, qué le vamos a hacer, contra lo que tiene que suceder toda la fuerza sobra. Como está escrito que no se puede tener todo en la vida, el valeroso viejo dejará en su lugar nada más que una familia pobre y honesta que no se olvidará de honrar su memoria. La familia no era sólo esta hija que salió a llorar y la criatura que no le había hecho ningún mal al mundo, era también otra hija y el marido respectivo, padres de tres niños felizmente de buena salud, más una tía soltera a la que se le pasó hace mucho la edad de casarse. El otro yerno, el marido de la hija que salió a llorar, vive en un país distante, emigró para ganarse la vida y mañana sabrá que perdió a la vez al único hijo que tenía y el suegro a quien estimaba. Es así la vida, va dando con una mano hasta que llega el día que quita todo con la otra. Que importan poco a este relato los parentescos de unos cuantos campesinos que lo más probable es que no vuelvan a aparecer, lo sabemos mejor que nadie, pero nos ha parecido que no estaría bien, incluso desde un estricto punto de vista técnico-narrativo, despachar en dos líneas rápidas precisamente a estas personas que van a ser protagonistas de uno de los más dramáticos lances ocurridos en esta, aunque cierta, inverídica historia sobre las intermitencias de la muerte. Ahí están, pues. Apenas nos faltó decir que la tía soltera todavía manifestó una duda, Qué dirán los vecinos, preguntó, cuando descubran que ya no están aquí aquellos que, sin morir, a la muerte estaban. En general la tía soltera no habla de una manera tan preciosista, tan rebuscada, y si lo ha hecho ahora era para no estallar en lágrimas, que así sucedería si hubiese pronunciado el nombre del niño que no le había hecho ningún mal al mundo y las palabras mi hermano. Le respondió el padre de los otros tres niños, Les decimos simplemente lo que pasó y esperamos las consecuencias, al menos seremos acusados de hacer entierros clandestinos, fuera del cementerio y sin conocimiento de las autoridades, y para colmo en otro país, Ojalá que no se comience ninguna guerra por esto, dijo la tía.

Era casi medianoche cuando salieron camino de la frontera. Como si sospechara que algo extraño estaba tramándose, la aldea había tardado más de lo habitual en recogerse entre las sábanas. Por fin el silencio tomó a su cargo las calles y las luces de las casas se fueron apagando una a una. La mula fue enganchada al carromato, después, con mucho esfuerzo, pese a lo poco que pesaba, el yerno y las dos hijas bajaron al abuelo, lo tranquilizaron cuando él, con voz apagada, preguntó si llevaban la pala y la azada, Sí las llevamos, quédese tranquilo, y luego subió la madre del niño, lo tomó en brazos, dijo, Adiós mi hijo que no te volveré a ver, y esto no era verdad, porque ella también iría en el carromato con la hermana y el cuñado, puesto que tres no serían demasiado para la tarea. La tía soltera no quiso despedirse de los viajeros que no regresarían y se encerró en el cuarto con los sobrinos. Como los aros metálicos de las ruedas del carromato causarían estrépito en el irregular empedrado de la calle, con grave riesgo de que fueran apareciendo en las ventanas los habitantes curiosos de saber adónde irían los vecinos a esa hora, dieron un rodeo por caminos de tierra hasta que llegaron finalmente a la carretera, fuera de la aldea. No estaban muy lejos de la frontera, pero lo malo era que la carretera no los llevaba hasta ella, en cierto punto tendrían que dejarla y continuar por atajos por los que el carromato apenas cabría, eso sin hablar de que el último tramo deberían hacerlo a pie, abriéndose paso entre matorrales, cargando con el abuelo dios sabe cómo. Afortunadamente el yerno conoce bien estos parajes porque, aparte de habérselos pateado como cazador, también, alguna que otra vez, había ejercido de contrabandista aficionado. Tardaron casi dos horas en llegar al punto donde tendrían que dejar el carromato, y ahí fue cuando se le ocurrió al yerno llevar al abuelo sobre la mula, confiando en la firmeza de los jarretes del animal. Desengancharon la bestia, la aliviaron de los arreos superfluos y, con mucho esfuerzo, trataron de izar al viejo. Las dos mujeres lloraban, Ay mi querido padre, Ay mi querido padre, y con las lágrimas se les iba la poca fuerza que todavía les quedaba. El pobre hombre estaba medio inconsciente, como si ya hubiera atravesado el primer umbral de la muerte. No lo conseguiremos, exclamó con desesperación el yerno, pero de súbito se le ocurrió que la solución sería que él montara primero y tirara después del abuelo, que quedaría en la cruz de la mula, delante, Lo llevo abrazado, no hay otra manera, vosotras ayudad desde ahí. La madre del niño fue hasta el carromato a arreglar la pequeña manta que lo cubría, no vaya el pobrecito a enfriarse, y regresó junto a la hermana, A la una, a las dos, a las tres, dijeron, pero fue como si nada, ahora el cuerpo pesaba tanto que parecía de plomo, lo único que pudieron hacer fue dejarlo en el suelo. Entonces sucedió una cosa nunca vista, una especie de milagro, un prodigio, una maravilla. Como si por un instante la ley de la gravedad hubiera sido suspendida o pasara a actuar al contrario, de abajo hacia arriba, el abuelo se escapó suavemente de las manos de las hijas y, por sí mismo, levitando, subió hasta los brazos extendidos del yerno. El cielo, que desde el principio de la noche había estado cubierto de pesadas nubes que amenazaban lluvia, se abrió y dejó aparecer la luna. Ya podemos seguir, dijo el yerno, hablándole a su mujer, tú llevas la mula. La madre del niño abrió un poco la manta para ver cómo estaba el hijo. Los párpados, cerrados, eran como dos pequeñas manchas pálidas, el rostro, un dibujo confuso. Entonces dio un grito que recorrió todo el espacio alrededor e hizo que se estremecieran en sus cuevas los animales salvajes, No, no seré yo quien lleve a mi hijo al otro lado, no lo traje a la vida para entregarlo a la muerte con mis propias manos, llevaos a padre, yo me quedo aquí. La hermana se le acercó y le preguntó, Prefieres asistir, año tras

54

año, a su agonía, Tienes tres hijos con salud, hablas sin saber, Tu hijo es como si fuera mío, Si es así, llévatelo tú, yo no puedo, Y yo no debo, sería matarlo, Cuál es la diferencia, No es lo mismo llevar hasta la muerte y matar, por lo menos en este caso, tú eres la madre de este niño, no yo, Serías capaz de llevar a uno de tus hijos, o a todos, Pienso que sí, pero no lo puedo jurar, Entonces tengo razón, Si es eso lo que quieres, espéranos, vamos a llevar a padre. La hermana se apartó, agarró la mula por la brida y preguntó, Vamos, el marido respondió, Vamos, pero despacio, no quiero que se me caiga. La luna, llena, brillaba. En algún lugar, adelante, se encontraba la frontera, esa línea que sólo en los mapas es visible. Cómo sabremos cuándo hemos llegado, preguntó la mujer, Padre lo sabrá. Ella comprendió y no hizo más preguntas. Continuaron andando, cien metros, diez pasos, y de repente el hombre dijo, Llegamos, Se acabó, Sí. Detrás, una voz repitió, Se acabó. La madre del niño amparaba por última vez al hijo muerto en el regazo de su brazo izquierdo, la mano derecha sujetaba en el hombro la pala y la azada que los otros habían olvidado. Andemos un poco más, hasta aquel fresno, dijo el cuñado. A lo lejos, en una ladera, se distinguían las luces de una aldea. Por el pisar de la mula se notaba que la tierra era blanda, debería ser fácil de cavar. Este sitio me parece bueno, dijo por fin el hombre, el árbol nos servirá de señal cuando vengamos a traerles unas flores. La madre del niño dejó caer la pala y la azada y, suavemente, puso al hijo en el suelo.

Después, las dos hermanas, con mil cautelas para que no resbalara, recibieron el cuerpo del padre y, sin esperar la ayuda del hombre que ya desmontaba la mula, lo colocaron al lado del nieto. La madre del niño sollozaba, repetía monótonamente, Mi hijo, mi padre, y la hermana vino y la abrazó, llorando también y diciendo, Es mejor así, es mejor así, la vida de estos infelices ya no era vida. Se arrodillaron ambas en el suelo condoliéndose por los muertos que habían venido a engañar a la muerte. El hombre ya manejaba la azada, cavaba, retiraba con la pala la tierra suelta, y luego volvía a cavar. Debajo la tierra era más dura, más compacta, algo pedregosa, sólo al cabo de media hora de trabajo continuo la cavidad alcanzó profundidad suficiente. No había ataúd ni mortaja, los cuerpos descansarían sobre la pura tierra, sólo con las ropas que traían puestas. Uniendo las fuerzas, el hombre y las dos mujeres, él dentro de la sepultura, ellas fuera, una a cada lado, bajaron lentamente el cuerpo del viejo, ellas sosteniéndolo por los brazos abiertos en cruz, él amparándolo hasta que tocó el fondo. Las mujeres no paraban de llorar, el hombre tenía los ojos secos, pero todo él temblaba, como atacado por una fiebre violenta. Todavía faltaba lo peor. Entre lágrimas y sollozos, el niño fue descendido, colocado junto al abuelo, pero allí no estaba bien, un bultito pequeño, insignificante, una vida sin importancia, dejada de lado como si no perteneciera a la familia. Entonces el hombre se inclinó, tomó al niño del suelo, lo puso sobre el pecho del abuelo, después le cruzó los brazos sobre el cuerpecito minúsculo, ahora sí, ya están acomodados, preparados para su descanso, podemos comenzar a lanzarles la tierra por encima, con cuidado, poco a poco, para que todavía puedan mirarnos algún tiempo más, para que puedan despedirse de nosotros, oigamos lo que están diciendo, adiós hijas mías, adiós yerno, adiós tíos, adiós madre. Cuando la sepultura estuvo llena, el hombre aplanó y alisó la tierra para que no se notara, si alguien pasase por ahí, que había personas enterradas. Colocó una piedra a la cabecera y otra más pequeña a los pies, a continuación esparció sobre la tumba las hierbas que había cortado antes con la azada, otras plantas, vivas, en pocos días tomarán el lugar de estas que, marchitas, muertas, resecas, entrarán en el ciclo alimentario de la misma tierra de que habían brotado. El hombre midió a pasos largos la distancia entre el árbol y la tumba, fueron doce, después se colocó en el hombro la pala y la azada, Vamos, dijo. La luna había desaparecido, el cielo estaba otra vez cubierto. Comenzó a llover cuando acababan de enganchar la mula al carromato.

Los actores del dramático lance que acaba de ser descrito con desusada minucia en un relato que hasta ahora había preferido ofrecer al lector curioso, por decirlo así, una visión panorámica de los hechos, fueron, cuando su inopinada entrada en escena, clasificados como campesinos pobres. El error, resultado de una impresión precipitada del narrador, de un examen que no pasó de superficial, deberá, por respeto a la verdad, ser inmediatamente rectificado. Una familia campesina pobre, pobre de verdad, nunca llegaría a ser propietaria de un carromato ni tendría posibles para sustentar un animal de tanto alimento como es la mula. Se trataba, sí, de una familia de pequeños agricultores, gente acomodada en la modestia del medio en que vivían, personas con educación e instrucción escolar suficiente para poder mantener entre sí diálogos no sólo gramaticalmente correctos, sino también con eso que algunos, a falta de mejor expresión, suelen llamar contenido, otros sustancia, otros, más pegados a la tierra, seso. Si así no fuera, nunca jamás la tía soltera habría sido capaz de poner en pie aquella tan hermosa frase antes comentada, Qué dirán los vecinos cuando descubran que ya no están aquí aquellos que, sin morir, a la muerte estaban. Corregido a tiempo el lapso, restituida la verdad en su lugar, veamos qué dicen los vecinos. A pesar de las precauciones adoptadas, alguien vio el carromato y se extrañó de la salida de esos tres a tales horas. Precisamente ésa fue la pregunta que se hizo el vecino vigilante, Adónde irán esos tres a semejante hora, repetida a la mañana siguiente, con un pequeño cambio, al yerno del viejo agricultor, Adónde ibais a esa hora de la noche. El interpelado respondió que tenían que resolver un asunto, pero el vecino no se dio por satisfecho, Un asunto a medianoche, en carromato, con tu mujer y tu cuñada, qué cosa tan rara, dijo, Será raro, pero es así, Y de dónde veníais cuando el cielo comenzaba a clarear, Eso no te importa, Tienes razón, perdona, realmente no es de mi incumbencia, pero en todo caso sí puedo preguntarte cómo se encuentra tu suegro, Igual, Y tu sobrino pequeño, También, Ah, me alegra que los dos mejoren, Gracias, Hasta luego, Hasta luego. El vecino dio unos pasos, se detuvo, volvió atrás, Me pareció ver algo en el carromato, me pareció que tu hermana llevaba un niño en los brazos, y, si era así, entonces lo más probable es que el bulto tumbado que me pareció ver, cubierto con una manta, fuese tu suegro, sobre todo teniendo en cuenta, Teniendo en cuenta qué, Teniendo en cuenta que cuando regresasteis el carromato venía vacío y tu hermana no traía ningún niño en los brazos, Por lo visto, no duermes de noche, Tengo un sueño delicado, me despierto con facilidad, Te despertaste cuando nos fuimos, te despertaste cuando regresamos, eso se llama coincidencia, Así es, Y quieres que te diga lo que ha pasado, Si quieres, Ven conmigo. Entraron en la casa, el vecino saludó a las tres mujeres, No quiero molestar, dijo perturbado, y esperó. Serás la primera persona que lo sepa, dijo el yerno, y no tendrás que guardar el secreto porque no te lo vamos a pedir, No me digas nada más que lo que quieras decir, Mi suegro y mi sobrino han muerto esta noche, los llevamos al otro lado de la frontera, donde la muerte mantiene su actividad, Los habéis matado, exclamó el vecino, En cierto modo, sí, ya que ellos no pudieron ir por sus propios pies, en cierto modo, no, porque lo hicimos por orden de mi suegro, y en cuanto al niño, pobrecito, no tenía querer ni vida que vivir, quedaron enterrados bajo un fresno, puede decirse que abrazados el uno al otro. El vecino se llevó las manos a la cabeza, Y ahora, Ahora vas y lo cuentas por toda la aldea, seremos detenidos por la policía, probablemente juzgados y condenados por lo que no hemos hecho, Sí lo habéis hecho, Un metro antes de la frontera estaban vivos, un metro después ya estaban muertos, dime tú cuándo los matamos, y cómo, Si no los hubieseis llevado, Sí, estarían aquí, esperando la muerte que no llega. Silenciosas, serenas, las tres mujeres miraban al vecino. Me voy, dijo, realmente pensaba que algo había sucedido, pero nunca pude imaginar que era esto, Tengo algo que pedirte, dijo el yerno, Qué, Que me acompañes a la policía, así no tendrás que ir de puerta en puerta, por ahí, contándole a la gente los terribles crímenes que hemos cometido, fíjate, parricidio, infanticidio, dios santo, qué monstruos viven en esta casa, No lo contaría de esa manera, Ya lo sé, acompáñame, Cuándo, Ahora mismo, el hierro tiene que ser golpeado cuando está caliente, Vamos. No fueron condenados ni juzgados. Como un reguero de pólvora, la noticia corrió veloz por todo el país, los medios de comunicación vituperaron a los infames, las hermanas asesinas, el yerno instrumento del crimen, se lloraron lágrimas sobre el anciano y el inocente como si fueran el abuelo y el nieto que todos desearían haber tenido, por milésima vez los periódicos biempensantes que actuaban como barómetros de la moralidad pública apuntaron el dedo hacia la imparable degradación de los valores tradicionales de la familia, fuente, causa y origen de todos los males en su opinión, y he aquí que cuarenta y ocho horas después comenzaron a llegar informaciones sobre prácticas idénticas que estaban sucediendo en todas las regiones fronterizas. Otros carromatos y otras mulas condujeron otros cuerpos inermes, falsas ambulancias dieron vueltas y vueltas por veredas abandonadas hasta llegar al lugar donde deberían descargarlos, en general sujetos durante el trayecto por los cinturones de seguridad o, en algún censurable caso, escondidos en los portaequipajes y cubiertos con una manta, coches de todas las marcas, modelos y precios transportaron hasta esta nueva guillotina cuyo filo, con perdón por la libérrima comparación, era la finísima línea fronteriza, invisible para ojos desnudos, a los infelices que la muerte, en el lado de aquí, había mantenido en situación de pena suspendida. No todas las familias que procedieron así podían alegar en su defensa los motivos de algún modo respetables, aunque obviamente discutibles, presentados por nuestros conocidos y angustiados agricultores que, muy lejos de imaginar las consecuencias, dieron inicio al tráfico. Algunas en el expediente de ir a evacuar al padre o al abuelo en territorio extranjero vieron nada más que una manera limpia y eficaz, radical sería el término exacto, de verse libres de los auténticos pesos muertos que sus moribundos eran en casa. Los medios de comunicación que antes vituperaron enérgicamente a las hijas y al yerno del viejo enterrado con el nieto, incluyendo después en esa reprobación a la tía soltera, acusada de complicidad y connivencia, estigmatizaban ahora la crueldad y la falta de patriotismo de personas de apariencia decente que en esta circunstancia de gravísima crisis nacional dejaban caer la máscara hipócrita tras la cual escondían su verdadero carácter. Presionado por los gobiernos de los tres países limítrofes y por la oposición política interna, el jefe del gobierno condenó la inhumana acción, apeló al respeto por la vida y anunció que las fuerzas armadas tomarían de inmediato posiciones a lo largo de la frontera para impedir el paso de cualquier ciudadano en estado de disminución física terminal, ya fuera el intento por iniciativa propia, o determinado por arbitraria decisión de los parientes. En el fondo, en el fondo, pero de esto, claro está, no osó hablar el primer ministro, el gobierno no veía con tan malos ojos un éxodo que, en último análisis, servía el interés del país en la medida en que ayudaba a bajar una presión demográfica en aumento continuo desde hacía tres meses, aunque todavía lejos de alcanzar niveles inquietantes. Tampoco dijo el jefe del gobierno que ese mismo día se había reunido discretamente con el ministro del interior con el objetivo de planear la colocación de vigilantes, o espías, en todas las localidades del país, ciudades, pueblos y aldeas, con la misión de comunicarle a las autoridades cualquier movimiento sospechoso de personas afines a pacientes en situación de muerte parada. La decisión de intervenir o de no intervenir sería ponderada caso por caso, puesto que no era objetivo del gobierno frenar del todo este brote migratorio de nuevo tipo, sino dar una satisfacción parcial ante las preocupaciones de los gobiernos de los países con fronteras comunes, lo suficiente para acallar durante algún tiempo las reclamaciones. No estamos aquí para hacer lo que ellos quieren, dijo con autoridad el primer ministro, Todavía quedan fuera del plan los pequeños caseríos, las heredades, las casas aisladas, notó el ministro del interior, A ésos vamos a dejarlos tranquilos, que hagan lo que entiendan, bien sabe, querido ministro, por experiencia, que es imposible colocar un policía al lado de cada persona.

Durante dos semanas el plan funcionó más o menos a la perfección, pero, a partir de ahí, unos cuantos vigilantes comenzaron a quejarse de que estaban recibiendo amenazas por teléfono, conminándolos, si querían vivir una vida tranquila, a hacer vista gorda al tráfico clandestino de pacientes terminales, e incluso a cerrar los ojos por completo si no querían aumentar con sus propios cuerpos la cantidad de personas de cuya observación habían sido encargados. No eran palabras vanas, como se vio cuando las familias de cuatro vigilantes fueron avisadas mediante llamadas anónimas de que deberían recogerlos en determinados lugares. Tal como se encontraban, o sea, no muertos, pero vivos tampoco. Ante la gravedad de la situación, el ministro del interior decidió mostrarle su poder al desconocido enemigo, ordenando, por un lado, que los espías intensificaran la acción investigadora y, por otro lado, cancelando el sistema a cuentagotas, éste sí, éste no, que venía siendo aplicado de acuerdo con la táctica del primer ministro. La respuesta fue inmediata, otros cuatro vigilantes sufrieron la triste suerte de los anteriores, pero, en este caso, sólo hubo una llamada telefónica, dirigida al ministerio del interior, que lo mismo podría entenderse que era una provocación o una acción determinada por la pura lógica, como quien dice, Nosotros existimos. El mensaje, sin embargo, no acababa aquí, traía anexa una propuesta constructiva, Establezcamos un acuerdo de caballeros, dijo la voz del otro lado, el ministerio manda que se retiren los vigilantes y nosotros nos encargamos de transportar directamente a los pacientes, Quiénes son ustedes, preguntó el director del servicio que atendió la llamada, Sólo un grupo de personas amantes del orden y de la disciplina, gente de gran competencia en su especialidad, que detesta la confusión y cumple siempre lo que promete, gente honesta, en definitiva, Y ese grupo tiene nombre, quiso saber el funcionario, Hay quien nos llama maphia, con ph, Por qué con ph, Para distinguirnos de la otra, de la clásica, El estado no hace acuerdos con mafias, En papeles con firmas reconocidas por notario, claro que no, Ni de ésos ni de otros, Cuál es su cargo, Soy director de servicio, O sea, alguien que no conoce nada de la vida real, Tengo mis responsabilidades, La única que nos interesa en este momento es que traslade la propuesta a quien le concierna, al ministro, si tiene acceso, No tengo acceso al ministro, pero esta conversación será inmediatamente conocida por la jerarquía, El gobierno tiene cuarenta y ocho horas para estudiar la propuesta, ni un minuto más, pero avise a su jerarquía de que habrá nueve vigilantes en coma si la respuesta no es la que esperamos, Así lo haré, Pasado mañana, a esta hora, volveré a llamarlo para conocer la decisión, La nota está tomada, Ha sido un placer hablar con usted, No puedo decirle lo mismo, Estoy seguro de que comenzará a cambiar de opinión cuando sepa que los vigilantes regresan sanos y salvos a sus casas, si todavía recuerda oraciones de su infancia, vaya rezando para que eso sea lo que ocurra, Comprendo, Sabía que lo entendería, Así es, Cuarenta y ocho horas, ni un minuto más, Con toda seguridad, no seré yo quien le atienda, Pues yo tengo toda la seguridad de que sí, Por qué, Porque el ministro no querrá hablar directamente conmigo, además, si las cosas salen mal será usted quien cargue con las culpas, recuerde que lo que proponemos es un acuerdo entre caballeros, Sí señor, Buenas tardes, Buenas tardes. El director del servicio retiró la cinta magnetofónica de la grabadora y fue a hablar con la jerarquía.

Media hora después el casete estaba en manos del ministro del interior. Éste lo oyó, lo volvió a oír, lo oyó por tercera vez, después preguntó, Ese director de servicio es persona de confianza, Hasta hoy no he tenido el menor motivo de queja, respondió la jerarquía, Tampoco el mayor, espero, Ni el mayor ni el menor, dijo la jerarquía, que no había notado la ironía. El ministro sacó el casete del grabador y desenrolló la cinta. Cuando hubo terminado, la puso sobre un cenicero de cristal y le acercó la llama de un mechero. La cinta comenzó a arrugarse, a retorcerse, y en menos de un minuto estaba transformada en un enredo ennegrecido, quebradizo e informe. Ellos también deben de haber grabado el diálogo con el director de servicio, dijo la jerarquía, No importa, cualquiera podría simular una conversación por teléfono, con dos voces y una grabadora, es más que suficiente, lo que aquí cuenta es que nosotros destruyamos nuestra cinta, quemado el original quedan quemadas de antemano todas las copias que se podrían hacer, No necesita que le diga que la telefonista conserva los registros, Providenciaremos que ésos desaparezcan también, Sí señor, y ahora, si me lo permite, me retiro, lo dejo para que pueda pensar en el asunto, Ya está pensado, no se vaya, Realmente no me sorprende, usted goza del privilegio de tener un pensamiento agilísimo, Lo que acaba de decir sería una lisonja si no fuera realidad, es verdad, pienso con rapidez, Aceptará la propuesta, Haré una contrapropuesta, Me temo que no la acepten, los términos que usó el emisario, además de perentorios, eran más que amenazadores, habrá nuevos vigilantes en coma si la respuesta no es la que esperamos, éstas fueron las palabras, Querido amigo, la respuesta que vamos a darles es precisamente que esperen, No comprendo, Querido amigo, su problema, y lo digo sin ánimo de ofender, es que no es capaz de pensar como un ministro, Culpa mía, lo lamento, No lo lamente, si alguna vez lo llaman para servir al país en funciones ministeriales verá como el cerebro le da una vuelta en el preciso momento en que se sienta en un sillón como éste, ni se imagina la diferencia, Alimentar fantasías no me llevaría muy lejos, soy un funcionario, Conoce el dicho antiguo, nunca digas de esta agua no beberé, Ahora mismo tiene usted delante agua bastante amarga para beber, dijo la jerarquía apuntando los restos de la cinta quemada, Cuando se sigue una estrategia bien definida y se conocen con suficiencia los datos de la cuestión, no es difícil trazar una línea de acción segura, Soy todo oídos, señor ministro, Pasado mañana, su director de servicio, puesto que será él quien responda al emisario, él es el negociador por parte del ministerio, y nadie más, dirá que estamos de acuerdo en examinar la propuesta que nos hicieron, pero inmediatamente adelantará que la opinión pública y la oposición al gobierno jamás permitirían que esos miles de vigilantes fueran retirados de su misión sin una explicación aceptable, Y está claro que la explicación aceptable no puede ser que la maphia se ocupa ahora del negocio, Así es, aunque se podría haber dicho lo mismo con términos mejor elegidos, Perdone, señor ministro, me ha salido sin pensar, Bien, llegados a este punto, el director de servicio presentará una contrapropuesta, que podremos llamar también sugerencia alternativa, o sea, los vigilantes no serán retirados, permanecerán en los lugares donde ahora se encuentran, pero desactivados, Desactivados, Sí, creo que la palabra es bastante clara, Sin duda, señor ministro, sólo he expresado mi sorpresa, No veo de qué, es la única manera que tenemos de no parecer que cedemos al chantaje de esa banda de bellacos, Aunque en realidad hayamos cedido, Lo importante es que no lo parezca, que mantengamos la fachada, lo que suceda detrás ya no será de nuestra responsabilidad, Por ejemplo, Imaginemos que interceptamos ahora un transporte y detenemos a los tipos, no es necesario decir que esos riesgos ya estaban incluidos en la factura que los parientes tuvieron que pagar, No habrá factura ni recibo, la maphia no paga impuestos, Es una manera de hablar, lo que interesa en este caso es el hecho de que todos acabaremos ganando, nosotros, que nos quitamos un peso de encima, los vigilantes, que no volverán a ser lastimados en su integridad física, las familias, que descansarán sabiendo que sus muertos-vivos se convertirán finalmente en vivos-muertos, y la maphia, que cobrará por el trabajo, Un arreglo perfecto, señor ministro, Que además cuenta con la fortísima garantía de que nadie está interesado en abrir la boca, Creo que tiene razón, Tal vez, estimado amigo, su ministro le esté pareciendo demasiado cínico, De ningún modo, señor ministro, sólo admiro la rapidez con que ha conseguido poner todo en pie, tan firme, tan lógico, tan coherente, La experiencia, amigo, la experiencia, Voy a hablar con el director de servicio, le transmitiré sus instrucciones, estoy convencido de que hará bien el recado, tal como le dije antes, nunca me ha dado la menor razón de queja, Ni la mayor, creo, Ni ninguna de éstas, ni ninguna de aquéllas, respondió la jerarquía, que por fin comprendió la finura del jocoso toque.

Todo, o casi todo, para ser más precisos, pasó como el ministro había pronosticado. Exactamente a la hora establecida, ni un minuto antes, ni un minuto después, el emisario de la asociación de delincuentes que se hacía llamar maphia telefoneó para oír lo que el ministerio tenía que decirle. El director de servicio desempeñó con nota alta la incumbencia que le había sido encomendada, fue firme y claro, persuasivo en la cuestión fundamental, es decir, los vigilantes permanecerían en sus puestos, aunque desactivados, y tuvo la satisfacción de recibir a cambio, y luego transmitir a la jerarquía, la mejor de las respuestas posibles en la circunstancia actual, la de que la sugerencia alternativa del gobierno iba a ser atentamente examinada y así que pasaran veinticuatro horas se realizaría otra llamada telefónica. Así sucedió. Del examen resultó que la propuesta del gobierno podría ser aceptada, pero con una condición, la de que sólo serían desactivados aquellos vigilantes que se mantuvieran leales al gobierno, o, dicho con otras palabras, aquellos a quienes la maphia, simplemente, no los hubiera convencido para colaborar con el nuevo patrón, o sea, ella misma. Hagamos un esfuerzo por entender el punto de vista de los criminales. Colocados ante una compleja operación de larga duración a escala nacional, y teniendo que emplear una buena parte de su más experimentado personal en las visitas a las familias que en principio pudieran estar inclinadas a deshacerse de sus seres queridos para loablemente ahorrarles sufrimientos no sólo inútiles sino eternos, estaba muy claro que les convenía, en la medida de lo posible, y utilizando para tal sus armas preferidas, corrupción, soborno, intimidación, aprovechar los servicios de la gigantesca red de informadores ya montada por el gobierno. Contra esa piedra de repente lanzada en medio del camino la estrategia del ministro del interior patinó con grave daño para la dignidad del estado y del gobierno. Atrapado entre la espada y la pared, entre escila y caribdis, entre martillo y tenazas, corrió a comentar con el primer ministro el inesperado nudo gordiano que se acababa de presentar. Lo malo era que las cosas habían ido demasiado lejos para que ahora se pudiera dar marcha atrás. El jefe del gobierno, pese a tener más experiencia que el ministro del interior, no encontró mejor salida para el conflicto que proponer una nueva negociación, ahora con el establecimiento de una especie de numerus clausus, algo así como el veinticinco por ciento del número total de vigilantes en actividad que, como máximo, pasaría a trabajar para la otra parte. Una vez más le correspondería al director de servicio transmitir a un interlocutor ya impaciente la plataforma conciliatoria con la que, forzados por su propia ansiedad que alentaba esperanzas, el jefe del gobierno y el ministro del interior confiaban en que el acuerdo finalmente sería homologado. Sin firmas, dado que se trata de un acuerdo entre caballeros, de esos que basta con empeñar la palabra simplemente, prescindiendo, como nos explica el diccionario, de formalidades legales. Era no tener la menor idea de lo retorcido y maligno que es el espíritu de los maphiosos. En primer lugar, no establecieron ningún plazo para la respuesta, dejando sobre ascuas al pobre ministro del interior, ya resignado a entregar su carta de dimisión. En segundo lugar, cuando al cabo de varios días decidieron que deberían telefonear fue sólo para decir que todavía no habían llegado a ninguna conclusión acerca de si la plataforma sería tolerablemente conciliatoria para ellos, y, de paso, así como quien no quiere la cosa, aprovecharon la ocasión para informar que no tenían ninguna responsabilidad en el lamentable hecho de que el día anterior hubieran sido encontrados en pésimo estado de salud otros cuatro vigilantes. En tercer lugar, gracias a que toda espera tiene su fin, tanto si es feliz como infeliz, la respuesta que la dirección general maphiosa comunicó al gobierno, vía director de servicio y jerarquía, se dividía en dos puntos, a saber, punto a, el numerus clausus no sería de veinticinco por ciento, sino de treinta y cinco, punto b, siempre que lo consideraran conveniente para sus intereses, y sin necesidad de previa consulta a las autoridades y menos aún consentimiento, la organización exigía que le fuera reconocido el derecho a traspasar vigilantes para su propio servicio, en los lugares donde se encontraran vigilantes desactivados, siendo obvio decir que aquéllos ocuparían los lugares de éstos. Era tomar o dejar. Ve alguna manera de escapar de esta disyuntiva, le preguntó el jefe del gobierno al ministro del interior, Ni siquiera creo que exista, señor, si nos negamos supongo que tendremos cuatro vigilantes inutilizados para el servicio y para la vida cada día que pase, si aceptamos, estaremos en manos de esa gente dios sabe por cuánto tiempo, Para siempre, o al menos mientras haya familias que se quieran ver libres a cualquier precio de los estorbos que tienen en casa, Eso acaba de darme una idea, No sé si debo alegrarme, He hecho lo mejor que podía, señor primer ministro, si me he convertido en un estorbo de otro tipo sólo tiene que decir una palabra, Adelante, no sea tan susceptible, qué idea es ésa, Creo, señor primer ministro, que nos encontramos ante un clarísimo ejemplo de oferta y demanda, Y eso viene a propósito de qué, estamos hablando de personas que en este momento sólo tienen una manera de morir, Tal como en la duda clásica acerca de qué apareció primero, si el huevo o la gallina, tampoco se puede distinguir siempre si la demanda precedió a la oferta o si, por el contrario, fue la oferta la que puso en movimiento la demanda, Estoy viendo que no sería mala política sacarlo de la cartera de interior y ponerlo en la de economía, No son tan diferentes como se supone, señor primer ministro, de la misma manera que en el interior existe una economía, existe también en la economía un interior, son vasos comunicantes, por decirlo así, No divague, dígame cuál es la idea, Si a aquella primera familia no se le hubiese ocurrido que la solución del problema podría estar esperando al otro lado de la frontera, tal vez la situación en que hoy nos encontráramos sería diferente, si muchas familias no hubiesen seguido el ejemplo después, la maphia no habría aparecido queriendo explotar un negocio que simplemente no existiría, En teoría es así, aunque, como sabemos, ellos sean capacísimos de exprimir de una piedra el agua que no tiene y después venderla más cara, pero de un modo u otro sigo sin ver qué idea es esa suya, Es simple, señor primer ministro, Ojalá lo sea, En pocas palabras, estancar el caudal de oferta, Y eso cómo se conseguiría, Convenciendo a las familias, en nombre de los más sagrados principios de humanidad, de amor al prójimo y de solidaridad, para quedarse con sus enfermos terminales en casa, Y cómo cree que se podrá producir ese milagro, Estoy pensando en una gran campaña de publicidad en todos los medios de difusión, prensa, televisión y radio, incluyendo manifestaciones en la calle, sesiones de aclaración, distribución de panfletos y pegatinas, teatro de calle y de sala, cine, sobre todo dramas sentimentales y dibujos animados, una campaña capaz de emocionar hasta las lágrimas, una campaña que induzca al arrepentimiento a los parientes desviados de sus deberes y obligaciones, que haga a las personas solidarias, abnegadas, compasivas, estoy convencido de que en poquísimo tiempo las familias pecadoras serían conscientes de la imperdonable crudeza de su actual comportamiento y regresarían a los valores transcendentales que todavía no hace mucho eran sus más sólidos fundamentos, Mis dudas aumentan cada minuto, ahora me pregunto si no debería ofrecerle la cartera de cultura, o la de los cultos, para la que también le encuentro cierta vocación, O también puede, señor primer ministro, reunir las tres carteras en un mismo ministerio, Y ya puestos, también la de economía, Sí, por eso de los vasos comunicantes, Para la que no serviría, querido amigo, sería para la de propaganda, esa idea de una campaña de publicidad que haga regresar a las familias al redil de las almas sensibles es un perfecto disparate, Por qué, señor primer ministro, Porque, en realidad, campañas de ese tipo sólo le sirven a quien las cobra, Hemos hecho muchas, Sí, con los resultados que se conocen, además, volviendo a la cuestión que nos debe ocupar, aunque su campaña tuviera resultado, no sería ni para hoy ni para mañana, y yo tengo que tomar una decisión ahora mismo, Aguardo sus órdenes, señor primer ministro. El jefe del gobierno sonrió desalentado, Todo esto es ridículo, absurdo, dijo, sabemos muy bien que no tenemos dónde elegir y que las propuestas que hemos hecho sólo han servido para agravar la situación, Siendo así, Siendo así, y si no queremos cargar nuestra conciencia con cuatro vigilantes al día empujados a golpes hasta el portón de entrada de la muerte, no nos queda otro camino que no sea aceptar las condiciones que nos han propuesto, Podíamos desencadenar una operación policial relámpago, una redada, meter en la cárcel a unas cuantas docenas de maphiosos, tal vez consiguiéramos que dieran marcha atrás, La única manera de liquidar al dragón es cortarle la cabeza, limarle las uñas no sirve de nada, Para algo servirá, Cuatro vigilantes por día, recuerde, señor ministro del interior, cuatro vigilantes por día, es mejor reconocer que nos encontramos atados de pies y manos, La oposición nos va a atacar con la mayor violencia, nos acusarán de haber vendido el país a la maphia, No dirán país, dirán patria, Peor todavía, Esperemos que la iglesia nos eche una mano, imagino que serán receptivos al argumento de que, además de fornecerles unos cuantos muertos útiles, tomamos esta decisión para salvar vidas, Ya no se puede decir salvar vidas, señor primer ministro, eso era antes, Tiene razón, será necesario inventar otra expresión. Hubo un silencio. Después el jefe del gobierno dijo, Acabemos con esto, dé las instrucciones necesarias a su director de servicio y comience a trabajar en el plan de desactivación, también necesitamos saber cuáles son las ideas de la maphia acerca de la distribución territorial del veinticinco por ciento de vigilantes que constituirá el numerus clausus, Treinta y cinco por ciento, señor primer ministro, No le agradezco que me haya recordado que nuestra derrota todavía es más grande que la que ya desde el principio parecía inevitable, Es un triste día, Las familias de los cuatro siguientes vigilantes, si supieran lo que está pasando aquí, no lo llamarían así, Y pensar que esos cuatro vigilantes mañana podrán estar trabajando para la maphia, Así es la vida, querido titular del ministerio de los vasos comunicantes, Del interior, señor primer ministro, del interior, Ése es el depósito central.

Se podrá pensar que, tras tantas y tan vergonzosas capitulaciones como fueron las del gobierno durante el toma y daca de las transacciones con la maphia, que llegaron al extremo de consentir que humildes y honestos funcionarios públicos pasaran a trabajar a jornada completa para la organización criminal, se podrá pensar, decíamos, que ya mayores bajezas morales no serán posibles. Desgraciadamente, cuando se avanza a tientas por los pantanosos terrenos de la realpolitik, cuando el pragmatismo toma la batuta y dirige el concierto sin atender lo que está escrito en la pauta, lo más seguro es que la lógica imperativa de la villanería acabe demostrando, a la postre, que todavía quedaban unos cuantos escalones que bajar. A través del ministerio competente, el de defensa, llamado de guerra en tiempos más sinceros, fueron despachadas instrucciones para que las fuerzas del ejército que habían sido colocadas a lo largo de la frontera se limitasen a vigilar las carreteras principales, sobre todo las que conducían a los países vecinos, dejando entregadas a su bucólica paz las de segunda y tercera categoría, y también, por razones de peso, la tupida red de caminos vecinales, de veredas, de sendas, de trochas y de atajos. Como no podía ser de otra manera, esto significó el regreso a los cuarteles de la mayor parte de esas fuerzas, lo que, si es verdad que fue gran motivo de alegría para la tropa rasa, incluidos cabos y furrieles, hartos todos de guardias y rondas diurnas y nocturnas, causó, por el contrario, un encendido disgusto en el nivel de los sargentos, por lo visto más conscientes que el resto del personal de la importancia de los valores del honor militar y del servicio a la patria. Sin embargo, si el movimiento capilar de ese disgusto pudo subir hasta los alféreces, si después perdió un tanto de su ímpetu a la altura de los tenientes, lo cierto es que volvió a ganar fuerza, y mucha, cuando alcanzó el nivel de los capitanes. Claro que ninguno de ellos se atrevería a pronunciar en voz alta la peligrosa palabra maphia, pero, cuando debatían unos con los otros, no podían evitar traer a colación el hecho de que en los días anteriores a la desmovilización habían sido interceptadas numerosas furgonetas que transportaban enfermos terminales, en las que viajaba al lado del conductor un vigilante oficialmente acreditado que, antes incluso de que se lo pidiesen, exhibía, con todos los necesarios timbres, firmas y sellos estampados, un papel en que, por motivo de interés nacional, expresamente se autorizaba el transporte del paciente fulano de tal a destino no especificado, pero determinándose que las fuerzas militares deberían considerarse obligadas a prestar toda la colaboración que les fuese solicitada para garantizar a los ocupantes de la furgoneta la perfecta efectividad de la operación de traslado. Nada de esto podría suscitar dudas en el espíritu de los dignos sargentos si, por lo menos en siete casos, no se hubiera dado la extraña casualidad de que el vigilante hubiera guiñado un ojo al soldado en el preciso momento en que le pasaba el documento para su verificación. Considerando la dispersión geográfica de los lugares en que estos episodios de la vida de campaña habían ocurrido, fue inmediatamente abandonada la posibilidad de que se tratara de un gesto, digámoslo así, equívoco, algo que tuviera que ver con los manejos de la más primaria seducción entre personas del mismo sexo o de sexos diferentes, para el caso daba lo mismo. El nerviosismo de que los vigilantes dieron entonces claras muestras, unos más que otros, es cierto, pero todos de tal manera que más parecían estar lanzando al mar una botella con un papel dentro pidiendo socorro, indujo a pensar a la perspicaz corporación de los sargentos que en las furgonetas iba escondido ese sobre todos famoso gato que siempre encuentra la manera de dejar la punta del rabo fuera cuando quiere que lo descubran. Después llegó la inexplicable orden de regresar a los cuarteles, luego unos bisbiseos aquí y allí, nacidos no se sabe ni cómo ni dónde, pero que algunos cotillas, en confidencia, insinuaban que podrían nacer en el propio ministerio del interior. Los periódicos de la oposición se hicieron eco del mal ambiente que se respiraba en los cuarteles, los periódicos afectos al gobierno negaron vehementemente que tales miasmas estuvieran envenenando el espíritu de cuerpo de las fuerzas armadas, pero lo cierto es que los rumores de que se estaba preparando un golpe militar, aunque nadie pudiera explicar por qué ni para qué, crecieron por todas partes e hicieron que de momento pasara a segundo plano del interés público el problema de los enfermos que no morían. No es que éste se hubiera olvidado, como probaba una frase puesta en circulación entonces y muy repetida por los frecuentadores de cafés, Por lo menos, se decía, aunque acabe produciéndose un golpe militar, de una cosa podemos estar seguros, por más tiros que se den unos a otros no conseguirán matar a nadie. Se esperaba de un momento a otro un dramático llamamiento del rey en favor de la concordia nacional, un comunicado del gobierno anunciando un paquete de medidas urgentes, una declaración de los altos mandos del ejército y de la aviación, porque, al no haber mar, marina tampoco había, reclamando fidelidad absoluta a los poderes legítimamente constituidos, un manifiesto de escritores, una toma de posición de los artistas, un concierto solidario, una exposición de carteles revolucionarios, una huelga general promovida conjuntamente por las dos centrales sindicales, una pastoral de los obispos llamando a la oración y al ayuno, una procesión de penitentes, una distribución masiva de panfletos amarillos, azules, verdes, rojos, blancos, incluso se llegó a hablar de la convocatoria de una manifestación gigantesca en la que participaran los millares de personas de todas las edades y condiciones que se encontraban en estado de muerte suspendida, desfilando por las principales avenidas de la capital en camillas, sillas de ruedas, ambulancias o en las espaldas de los hijos más robustos, con una pancarta enorme abriendo la manifestación, que diría, sacrificando nada menos que cuatro comas por la eficacia del dístico, Nosotros que tristes aquí vamos, a vosotros felices os esperamos. Al final nada de esto llegó a ser necesario. Es verdad que las sospechas de una participación directa de la maphia en el transporte de enfermos no se disiparon, es verdad que llegaron a reforzarse a la luz de algunos sucesos subsecuentes, pero una sola hora sería suficiente para que la súbita amenaza del enemigo externo sosegase las disposiciones fratricidas y reuniese los tres estados, clero, nobleza y pueblo, todavía vigentes en el país pese al progreso de las ideas, alrededor de su rey y, si bien con ciertas justificadas reticencias, de su gobierno. El caso, como casi siempre, se cuenta en breves palabras.

Irritados por la continua invasión de sus territorios por comandos de enterradores, maphiosos o espontáneos, procedentes de aquella tierra aberrante donde nadie moría, y tras no pocas protestas diplomáticas que de nada sirvieron, los gobiernos de los tres países limítrofes decidieron, en una acción concertada, avanzar sus tropas y guarnecer las fronteras, con orden taxativa de disparar al tercer aviso. Viene a propósito referir que la muerte de unos cuantos maphiosos abatidos prácticamente a quemarropa después de haber atravesado la línea de separación, siendo lo que solemos llamar gajes del oficio, sirvió de pretexto para que la organización subiese los precios de la minuta de servicios prestados en el apartado de seguridad personal y riesgos operativos. Mencionado este ilustrativo pormenor acerca del funcionamiento de la administración maphiosa, pasemos a lo que importa. Una vez más, sorteando con una maniobra táctica impecable las perplejidades del gobierno y las dudas de los altos mandos de las fuerzas armadas, los sargentos retomaron la iniciativa y fueron, a la vista de todo el mundo, los promotores, y como consecuencia también los héroes, del movimiento popular de protesta que salió de casa para exigir, en masa, en las plazas, en las avenidas y en las calles, el regreso inmediato de las tropas al frente de batalla. Indiferentes, impasibles ante los gravísimos problemas con que la patria de acá se debatía, a brazo partido con su cuádruple crisis, demográfica, social, política y económica, los países del otro lado por fin se quitaron las caretas y mostraron a la luz del día su verdadero rostro, el de duros conquistadores e implacables imperialistas. Lo que pasa es que nos tienen envidia, se decía en las tiendas y en los hogares, se oía en la radio y en la televisión, se leía en los periódicos, lo que pasa es que tienen envidia de que en nuestra patria no se muera, por eso nos quieren invadir y ocupar el territorio, para no morir tampoco. En dos días, a marchas forzadas y con banderas al viento, cantando canciones patrióticas como la marsellesa, el ça ira, la maría de la fuente, el himno de la carta, el no verán país ninguno, la bandiera rossa, la portuguesa, el god save the king, la internacional, el deutschland über alles, el chant du marais, as stars and stripes, los soldados volvieron a los puestos de donde habían venido, y ahí, armados hasta los dientes, aguardaron a pie firme el ataque y la gloria. No hubo. Ni la gloria, ni el ataque. Poco de conquistas y menos aún de imperios, lo que los dichos países limítrofes pretendían era tan sólo que no les fuesen a enterrar sin autorización esta nueva especie de inmigrantes forzosos, y, todavía si se limitaran a enterrar, vaya, pero igualmente iban a matar, asesinar, eliminar, apagar, ya que era en aquel exacto y fatídico momento en que, con los pies por delante para que la cabeza pudiese darse cuenta de lo que estaba pasando con el resto del cuerpo, atravesaban la frontera, cuando los infelices fenecían, exhalaban el último suspiro. Puestos están frente a frente los dos valerosos campos, pero tampoco esta vez la sangre llegará al río. Y miren que no fue por voluntad de los soldados del lado de acá, porque éstos tenían la certeza de que no iban a morir incluso si una ráfaga de ametralladora los cortase por la mitad. Aunque por más que legítima curiosidad científica debamos preguntarnos cómo podrían sobrevivir las dos partes separadas en aquellos casos en que el estómago se quedara en un lado y los intestinos en otro. Sea como fuere, sólo a un perfecto loco de atar se le ocurriría la idea de disparar el primer tiro. Y ése, a dios gracias, no llegó a ser disparado. Ni siquiera la circunstancia de que algunos soldados del otro lado hayan decidido desertar hacia eldorado en que no se muere tuvo otra consecuencia que la de ser devueltos inmediatamente al origen, donde ya un consejo de guerra estaba a su espera. El hecho que acabamos de contar es del todo irrelevante para el discurrir de la trabajosa historia que venimos narrando y de él no volveremos a hablar, pero, aun así, no quisimos dejarlo entregado a la oscuridad del tintero. Lo más probable es que el consejo de guerra decida a priori no tener en cuenta en sus deliberaciones la ingenua ansia de vida eterna que desde siempre habita en el corazón humano, Adónde iría a parar esto si todos viviéramos eternamente, sí, adónde iría a parar esto, preguntará la acusación usando un golpe de la más baja retórica, y la defensa, permítasenos que lo adelantemos, no tuvo espíritu para encontrar una respuesta a la altura de la ocasión, tampoco ella tenía ninguna idea de adónde iría a parar todo esto. Se espera que, por lo menos, no acaben fusilando a los pobres diablos. Porque entonces bien se podría decir que fueron a por lana y volvieron trasquilados.

Mudemos de asunto. Hablando de las desconfianzas de los sargentos y de sus aliados alféreces y capitanes acerca de una responsabilidad directa de la maphia en el transporte de los pacientes hasta la frontera, habíamos adelantado que esas desconfianzas se vieron reforzadas por unos cuantos subsecuentes sucesos. Es el momento de revelar cuáles fueron y cómo se desarrollaron. Siguiendo el ejemplo de lo que hizo la familia de pequeños agricultores iniciadora del proceso, lo que la maphia hace es atravesar simplemente la frontera y enterrar muertos, cobrando por esto un dineral. Con otra diferencia, que lo hace sin atender a la belleza de los sitios, y sin preocuparse de apuntar en el cuaderno de operaciones las referencias tipográficas y orográficas que en el futuro podrían auxiliar a los familiares llorosos y arrepentidos de su fechoría a encontrar la sepultura y pedir perdón al muerto. Ora bien, no es necesario estar dotado de una cabeza especialmente estratégica para entender que los ejércitos alineados en el otro lado de las tres fronteras han pasado a constituirse en un serio obstáculo para la práctica sepulcral que hasta ahí había transcurrido en la más perfecta de las seguridades. Pero la maphia no sería lo que es si no hubiera encontrado la solución al problema. Es realmente una lástima, permítasenos el comentario al margen, que tan brillantes inteligencias como las que dirigen estas organizaciones criminales se hayan apartado de los rectos caminos del acatamiento a la ley y desobedecido el sabio precepto bíblico que manda que ganemos el pan con el sudor de nuestra frente, pero los hechos son los hechos, y aunque repitiendo la palabra herida de adamastor, oh, que no sé de enojo cómo lo cuente, dejaremos aquí la desalentadora noticia del ardid de que la maphia se sirvió para obviar una dificultad para la que, según todas las apariencias, no se veía ninguna salida. Antes de proseguir conviene aclarar que el término enojo que el épico colocó en boca del infeliz gigante significaba entonces, y sólo, tristeza profunda, pena, disgusto, pero, desde hace algún tiempo a esta parte, la generalidad de la gente ha considerado, y muy bien, que se estaba perdiendo una palabra estupenda para expresar sentimientos como la repulsa, la repugnancia, el asco, los cuales, como cualquier persona reconocerá, nada tienen que ver con los enunciados arriba. Con las palabras todo cuidado es poco, mudan de opinión como las personas. Claro que lo del ardid no fue embutir, atar y poner a secar, el asunto tuvo que dar sus vueltas, introdujo emisarios con bigotes postizos y sombreros de ala caída, telegramas cifrados, diálogos a través de líneas secretas, por teléfono rojo, encuentros en encrucijadas a medianoche, billetes debajo de una piedra, todo cuanto más o menos ya conocimos en otras negociaciones, esas en las que, por así decir, se jugaban vigilantes a los dados. Tampoco se puede pensar que se trató, como en el otro caso, de transacciones simplemente bilaterales. Además de la maphia de este país en que no se muere, participaron igualmente en las conversaciones las maphias de los países limítrofes, pues ésa era la única manera de resguardar la independencia de cada organización criminal en el marco nacional en que operaba y de su respectivo gobierno. No tendría ninguna aceptación, incluso sería absolutamente reprensible, que la maphia de uno de esos países entablara negociaciones directas con la administración de otro país. A pesar de todo, las cosas no han llegado hasta ese punto, lo ha impedido hasta ahora, como un último pudor, el sacrosanto principio de la soberanía nacional, tan importante para las maphias como para los gobiernos, lo que, siendo más o menos obvio en lo que a éstos se refiere, sería bastante dudoso en relación a las asociaciones criminales si no tuviéramos presente con qué celosa brutalidad suelen defender sus territorios de las ambiciones hegemónicas de sus colegas de oficio. Coordinar todo esto, conciliar lo general con lo particular, equilibrar los intereses de unos con los intereses de los otros, no fue tarea fácil, lo que explica que durante dos largas y tediosas semanas de espera los soldados se hayan pasado el tiempo insultándose por los altavoces, aunque siempre teniendo cuidado de no traspasar ciertos límites, de no exagerar en el tono, no fuese a ocurrir que la ofensa se subiera a la cabeza de algún teniente coronel susceptible y ardiera troya. Lo que más contribuyó para complicar y demorar las negociaciones fue el hecho de que ninguna de las maphias de los otros países dispusiera de vigilantes para hacer con ellos lo que entendiesen, faltándoles, consecuentemente, el irresistible medio de presión que tan buenos resultados había dado aquí. Aunque este lado oscuro de las negociaciones no haya llegado a transpirar, a no ser por los rumores de siempre, existen fuertes presunciones de que los mandos intermedios de los ejércitos de los países limítrofes, con el indulgente beneplácito del grado superior de la jerarquía, se han dejado convencer, sólo dios sabe a qué precio, por la argumentación de los portavoces de las maphias locales, en el sentido de cerrar los ojos ante las indispensables maniobras de ir y venir, de avanzar y retroceder, que en eso consistía la solución del problema. Cualquier niño habría sido capaz de tal idea, pero, para hacerla efectiva, era necesario que, alcanzada la edad que llamamos de la razón, se acercara a la puerta de la sección de reclutamiento de la maphia para decir, Me trae la vocación, cúmplase en mí vuestra voluntad.

Los amantes de la concisión, del modo lacónico, de la economía del lenguaje, seguro que se están preguntando por qué, siendo la idea tan simple, ha sido necesario todo este razonamiento para llegar por fin al punto crítico. La respuesta también es simple, y vamos a darla utilizando un término actual, modernísimo, con el que nos gustaría ver compensados los arcaísmos con que, en probable opinión de algunos, hemos salpicado de moho este relato, Por mor del background. Diciendo background todo el mundo sabe de qué se trata, pero no nos faltarían dudas si, en vez de background, banalmente hubiéramos dicho plano de fondo, ese otro detestable arcaísmo, para colmo poco fiel a la verdad, dado que el background no es sólo el plano de fondo, es toda la innumerable cantidad de planos que obviamente existen entre el sujeto observado y la línea del horizonte. Será mejor que digamos encuadramiento de la cuestión. Exactamente, encuadramiento de la cuestión, y ahora que por fin la tenemos bien encuadrada, ahora sí, llega el momento de revelar en qué consistió el ardid de la maphia para obviar cualquier posibilidad de conflicto bélico que sólo serviría para perjudicar sus intereses. Un niño, ya lo habíamos dicho antes, podría haber concebido la idea. Que era sencillamente esto, pasar al otro lado de la frontera al paciente y, una vez que hubiera muerto, volver atrás y enterrarlo en el materno seno de su lugar de origen. Un jaque mate perfecto en el más riguroso, exacto y preciso sentido de la expresión. Como se acaba de ver, el problema quedaba resuelto sin desdoro para ninguna de las partes implicadas, los cuatro ejércitos, ya sin motivo para mantenerse en pie de guerra en la frontera, podían retirarse a la buena paz, puesto que lo que la maphia se proponía hacer era simplemente entrar y salir, recordemos una vez más que los pacientes perdían la vida en el mismo instante en que los transportaban al otro lado, a partir de ahora no necesitan quedarse ni un minuto, es sólo el tiempo de morir, y ése, si siempre fue de todos el más breve, un suspiro, y ya está, se puede uno imaginar lo que es en este caso, una vela que de repente se apaga sin necesidad de que nadie sople. Nunca la más suave de las eutanasias podrá ser tan fácil y tan dulce. Lo más interesante de la nueva situación creada es que la justicia del país en que no se muere se encuentra desprovista de fundamentos para actuar jurídicamente contra los enterradores, suponiendo que de facto lo quisiera, y no porque se encuentre condicionada por el acuerdo de caballeros que el gobierno tuvo que suscribir con la maphia. No los puede acusar de homicidio porque, técnicamente hablando, homicidio no es en realidad, y porque el censurable acto, que lo clasifique mejor quien de eso se vea capaz, se comete en países extranjeros, tampoco los puede incriminar por haber enterrado muertos, ya que el destino de éstos es ese mismo, y ya es de agradecer que alguien se haya decidido a encargarse de un trabajo penoso bajo cualquier título, tanto desde el punto de vista físico como desde el punto de vista anímico. Como mucho, se podría alegar que ningún médico certificó el óbito, que el entierro no cumplió las formas prescritas para una correcta inhumación y que, como si tal caso fuese inédito, la sepultura no está identificada, de modo que es bastante seguro que se perderá el lugar cuando caiga la primera lluvia fuerte y las plantas rompan tiernas y alegres del humus creador. Consideradas las dificultades y recelando hundirse en el tremedal de recursos en que, curtidos en la tramoya, los astutos abogados de la maphia la sumirían sin dolor ni piedad, la ley decidió esperar con paciencia hasta ver dónde pararían las modas. Era, sin sombra de duda, la actitud más prudente. El país se encontraba agitado como nunca, el poder confuso, la autoridad diluida, los valores en acelerado proceso de inversión, la pérdida del sentido de respeto cívico se extiende por todos los sectores de la sociedad, probablemente ni dios sabe adónde nos lleva. Corre el rumor de que la maphia está negociando otro acuerdo de caballeros con la industria funeraria para establecer una racionalización de esfuerzos y una distribución de tareas, lo que significa, en lenguaje de andar por casa, que una se encarga de abastecer de muertos, y las agencias funerarias contribuyen con medios y técnicas para enterrarlos. También se dice que la propuesta de la maphia fue acogida con los brazos abiertos por las agencias, ya cansadas de malgastar su saber milenario, su experiencia, su know how, sus coros de plañideras, en hacer funerales para perros, gatos y canarios, alguna vez una cacatúa, una tortuga catatónica, una ardilla domesticada, un lagarto de compañía que el dueño solía llevar sobre el hombro. Nunca caímos tan bajo, decían. Ahora el futuro se les presentaba fuerte y risueño, las esperanzas florecían como parterres de jardín, hasta se podría decir, arriesgando la obvia paradoja, que para la industria de los entierros había despuntado finalmente una nueva vida. Y todo esto gracias a los buenos oficios y a la inagotable caja fuerte de la maphia. Ésta subsidió a las agencias de la capital y de otras ciudades del país para que instalasen filiales, a cambio de compensaciones, claro está, en las localidades más próximas a la frontera, ésta tomó providencias para que hubiese siempre un médico a la espera del fallecido cuando reentrase en el territorio y necesitara a alguien para decir que estaba muerto, ésta estableció convenios con las administraciones municipales para que los entierros a su cargo tuvieran prioridad absoluta, fuese cual fuese la hora del día o de la noche en que les conviniera hacerlos. Todo costaba mucho dinero, naturalmente, pero el negocio continuaba mereciendo la pena, ahora que los adicionales y los servicios extras eran el grueso de la factura. De repente, sin avisar, se cerró el grifo de donde había estado brotando, constante, el generoso manantial de pacientes terminales. Parecía que las familias, a partir de un arrebato de conciencia, se pasaron la palabra unas a otras, que se acabó esto de mandar a los seres queridos a morir lejos, si, en sentido figurado, les habíamos comido la carne, también les deberemos comer los huesos ahora, que no estamos aquí sólo para las buenas, cuando él o ella tenían la fuerza y la salud intacta, estamos también para las horas malas y para las horas pésimas, cuando él o ella no son nada más que un trapo maloliente que es inútil lavar. Las agencias funerarias transitaron de la euforia a la desesperación, otra vez a la ruina, otra vez a la humillación de enterrar canarios y gatos, perros y otros bichos, la tortuga, la cacatúa, la ardilla, el lagarto no, porque no existía otro que se dejara llevar en el hombro del dueño. Tranquila, sin perder los nervios, la maphia fue a ver lo que pasaba. Era simple. Las familias dijeron, casi siempre con medias palabras, dándolo así a entender, que una cosa era el tiempo de la clandestinidad, cuando los seres queridos eran conducidos a ocultas, en el silencio de la noche, y los vecinos no tenían necesidad alguna de saber si permanecían en sus lechos del dolor, o si se habían evaporado. Entonces era fácil mentir, decir compungidamente, Pobrecillo, ahí está, cuando la vecina preguntaba en el rellano de la escalera, Y qué tal sigue el abuelo. Ahora todo es diferente, hay un certificado de defunción, hay placas con nombres y apellidos en

los cementerios, en pocas horas la envidiosa y mal-
diciente vecindad sabría que el abuelo había muerto de la única manera en que se podía morir, y que
eso significa, simplemente, que la propia cruel e ingrata familia lo había despachado a la frontera. Nos
da mucha vergüenza, confesaron. La maphia oyó,
oyó, y dijo que lo iba a pensar. No tardó veinticuatro horas. Siguiendo el ejemplo del anciano de la
página cincuenta, los muertos habían querido morir, por tanto serían registrados como suicidas en el
certificado de defunción. El grifo volvió a abrirse.

No todo fue tan sórdido en este país en que no se muere como lo que acaba de ser relatado, ni en todas las parcelas de una sociedad dividida entre la esperanza de vivir siempre y el temor de no morir nunca consiguió la voraz maphia clavar sus garras aduncas, corrompiendo almas, sometiendo cuerpos, emporcando lo poco que todavía restaba de los buenos principios de antaño, cuando un sobre que trajera dentro algo que oliera a soborno era devuelto en el mismo instante al remitente, llevando una respuesta firme y clara, algo así como, Compre juguetes para sus hijos con este dinero, o, Debe de haberse equivocado de destinatario. La dignidad era entonces una forma de altivez al alcance de todas las clases. A pesar de todo, a pesar de los falsos suicidas y de los sucios negocios de la frontera, el espíritu de aquí seguía pairando sobre las aguas, no las del mar océano, que ése bañaba otras tierras lejanas, mas sobre los lagos y los ríos, sobre las riberas y los regatos, en los charcos que la lluvia dejaba al pasar, en el luminoso fondo de los pozos, que es donde mejor se nota la altura a la que se encuentra el cielo, y, por más extraordinario que parezca, también sobre la superficie tranquila de los acuarios. Precisamente, cuando, distraído, miraba el pececito rojo que venía boqueando en la toma del agua y se preguntaba, ya menos distraído, desde hace cuánto tiempo que no la renovaba, bien sabía qué quería decir el pez cuando una y otra vez subía a romper la delgadísima película en que el agua se confunde con el aire, precisamente en ese momento revelador al aprendiz de filósofo se le presentó, nítida y desnuda, la cuestión que va a dar origen a la más apasionante y encendida polémica que se conoce en toda la historia de este país en que no se muere. He aquí lo que el espíritu que pairaba sobre las aguas del acuario le preguntó al aprendiz de filósofo, Ya has pensado si la muerte será la misma para todos los seres vivos, sean animales, incluyendo al ser humano, o vegetales, incluyendo la hierba que se pisa y la sequoiadendron giganteum con sus cien metros de altura, será la misma muerte la que mata a un hombre que sabe que va a morir, y a un caballo que nunca lo sabrá. Y volvió a preguntar, En qué momento muere el gusano de seda después de haberse encerrado en su capullo y haber trancado la puerta, cómo es posible que haya nacido la vida de una de la muerte de otro, la vida de la mariposa de la muerte del gusano, y ser lo mismo diferentemente, o no murió el gusano de seda porque está vivo en la mariposa. El aprendiz de filósofo respondió, El gusano de seda no murió, será la mariposa la que morirá, después de desovar, Eso ya lo sabía antes de que tú nacieras, dijo el espíritu que paira sobre las aguas del acuario, el gusano de seda no muere, dentro del capullo no queda ningún cadáver cuando sale la mariposa, tú lo has dicho, una ha nacido de la muerte de otro, Eso se llama metamorfosis, todo el mundo sabe de qué se trata, dijo condescendiente el aprendiz de filósofo, He ahí una palabra que suena bien, llena de promesas y de certezas, dices metamorfosis y sigues adelante, parece que no ves que las palabras son rótulos que se adhieren a las cosas, no son las cosas, nunca sabrás cómo son las cosas, ni siquiera qué nombres son en realidad los suyos, porque los nombres que les das no son nada más que eso, el nombre que le has dado. Cuál de nosotros dos es el filósofo, Ni yo ni tú, tú no pasas de aprendiz de filósofo, yo sólo soy el espíritu que paira sobre las aguas del acuario, Hablábamos de la muerte, No de la muerte, de las muertes, he preguntado por qué razón no mueren los seres humanos, y los otros animales sí, por qué razón la no muerte de unos no es la no muerte de otros, cuando a este pececillo rojo se le acabe la vida, y tengo que avisarte de que no tardará mucho si no le cambias el agua, serás tú capaz de reconocer en la muerte de él aquella otra muerte de que ahora pareces estar a salvo, ignorando por qué, Antes, en el tiempo en que se moría, las pocas veces que me encontré delante de personas que habían fallecido, nunca imaginé que la muerte de ellas fuese la misma de la que yo un día vendría a morir, Porque cada uno de vosotros tenéis vuestra propia muerte, la transportáis en algún lugar secreto desde que nacéis, ella te pertenece, tú le perteneces, Y los animales, y los vegetales, Supongo que a ellos les pasará lo mismo, Cada cual con su muerte, Así es, Entonces las muertes son muchas, tantas como seres vivos existieron, existen y existirán, En cierto modo, sí, Te estás contradiciendo, exclamó el aprendiz de filósofo, Las muertes de cada uno son muertes, por decirlo así, de vida limitada, subalternas, mueren con aquel a quien mataron, pero sobre todas habrá otra muerte mayor, la que se ocupa del conjunto de seres humanos desde el alborear de la especie, Hay por tanto una jerarquía, Supongo que sí, Y para los animales, desde el más elemental protozoo hasta la ballena azul, También, Y para los vegetales, desde las diatomeas a la secuoya gigante, ésta antes citada en latín por el tamaño, Según lo que creo saber, les pasa lo mismo a todos, O sea, cada uno con su muerte propia, personal e intransmisible, Sí, Y después otras dos muertes generales, una para cada reino de la naturaleza, Exacto, Y ahí se acaba la distribución jerárquica de las competencias que tánatos delega, preguntó el aprendiz de filósofo, Hasta donde mi imaginación alcanza, todavía veo otra muerte, la última, la suprema, Cuál, La que tendrá que destruir el universo, esa que realmente merece el nombre de muerte, aunque cuando esto suceda ya no haya nadie para pronunciarlo, lo demás de lo que hemos estado hablando no dejan de ser pormenores ínfimos, insignificancias, Por tanto, la muerte no es única, concluyó innecesariamente el aprendiz de filósofo, Es lo que ya estoy cansado de explicarte, Es decir, una muerte, la que es nuestra, ha suspendido su actividad, las otras, las de los animales y los vegetales, siguen operando, son independientes, cada una trabajando en su sector, Ya estás convencido, Sí, Entonces vete por ahí y anúncialo a la gente, dijo el espíritu que pairaba sobre las aguas del acuario. Y fue así como la polémica empezó.

El primer argumento contra la osada tesis del espíritu que pairaba sobre las aguas del acuario fue que su portavoz no era filósofo titulado, sino un mero aprendiz que nunca había ido más lejos de algunos escasos conocimientos rudimentarios de manual, casi tan elementales como el protozoario, y, como si eso no fuese poco, recogidos al vuelo, a retazos, sueltos, sin aguja e hilo que los uniese entre sí aunque los colores y las formas contendiesen unos con otros, en fin, una filosofía que podría llamarse la escuela arlequinesca, o ecléctica. La cuestión, sin embargo, no estaba tanto ahí. Es cierto que lo esencial de la tesis era obra del espíritu que pairaba sobre las aguas del acuario, aunque, bastará volver a leer el diálogo desarrollado en las páginas anteriores para reconocer que la contribución del aprendiz de filosofías también tuvo su influencia en la gestación de la interesante idea, por lo menos en la calidad de oyente, factor dialéctico indispensable desde sócrates, como es de sobra sabido. Algo, por lo menos, no podía ser negado, que los seres humanos no morían, pero los otros animales sí. En cuanto a los vegetales, cualquier persona, incluso sin saber nada de botánica, reconocería sin dificultad que, como antes, nacían, verdeaban, más adelante se marchitaban, luego se secaban, y si esa fase final, con podrimiento o sin él, no se debe llamar morir, entonces que venga alguien que lo explique mejor. Que las personas de aquí no estén muriendo, pero todos los otros seres vivos sí, decían algunos objetores, hay que verlo como una demostración de que lo normal todavía no se ha retirado del todo del mundo, y lo normal, excusado será decirlo, es, pura y simplemente, morir cuando nos llega la hora. Morir y no ponerse a discutir si la muerte ya era nuestra de nacimiento, o si simplemente pasaba por allí y le dio por fijarse en nosotros. En los demás países se sigue muriendo y no parece que sus habitantes sean más infelices por eso. Al principio, como es natural, hubo envidias, hubo conspiraciones, se dio algún que otro caso de tentativa de espionaje científico para descubrir cómo lo habíamos conseguido, pero, a la vista de los problemas que desde entonces se nos vinieron encima, creemos que el sentimiento general de las poblaciones de esos países se puede traducir con estas palabras, De la que nos hemos librado.

La iglesia, como no podía dejar de ser, bajó a la arena del debate sentada en el caballo de batalla habitual, es decir, los designios de dios son lo que siempre han sido, inescrutables, lo que, en términos corrientes y algo manchados de impiedad verbal, significa que no nos está permitido mirar por el resquicio de la puerta del cielo para ver lo que pasa dentro. Decía también la iglesia que la suspensión temporal y más o menos duradera de causas y efectos naturales no era propiamente una novedad, baste recordar los infinitos milagros que dios había permitido que se hicieran en los últimos veinte siglos, la única diferencia de lo que pasa ahora radica en la amplitud del prodigio, pues lo que antes afectaba a un individuo, por la gracia de su fe personal, ha sido substituido por una atención global, no personalizada, un país entero por así decir poseedor del elixir de la inmortalidad, y no sólo los creyentes, que como es lógico esperan ser distinguidos en especial, sino también los ateos, los agnósticos, los heréticos, los relapsos, los incrédulos de toda especie, los afectos a otras religiones, los buenos, los malos y los peores, los virtuosos y los maphiosos, los verdugos y las víctimas, los policías y los ladrones, los asesinos y los donantes de sangre, los locos y los sanos de juicio, todos, todos sin excepción, eran al mismo tiempo los testigos y los beneficiarios del más alto prodigio alguna vez observado en la historia de los milagros, la vida eterna de un cuerpo eternamente unida a la eterna vida del alma. A la jerarquía católica, de obispo para arriba, no le hicieron gracia los chistes místicos de algunos de sus cuadros medios sedientos de maravillas, y lo hizo saber a los fieles a través de un muy firme mensaje, el cual, además de la inevitable referencia a los inescrutables designios de dios, insistía en la idea ya expresada improvisadamente por el cardenal al principio de la crisis en la conversación telefónica que tuvo con el primer ministro, cuando, creyéndose papa y rogando a dios que le perdonara la estulta presunción, propuso la inmediata promoción de una nueva tesis, la de la muerte aplazada, confiando en la tantas veces loada sabiduría del tiempo, esa que nos dice que siempre habrá algún mañana para resolver los problemas que hoy parecían no tener solución. En carta al director de su periódico preferido, un lector se declaraba dispuesto a aceptar la idea de que la muerte había decidido aplazarse a sí misma, pero solicitaba, con todo respeto, que le dijeran cómo lo supo la iglesia, y, si realmente estaba tan bien informada, también debería saber cuánto tiempo iba a durar el aplazamiento. En nota de la redacción, el periódico le recordó al lector que se trataba simplemente de una propuesta de acción, por supuesto no llevada a la práctica hasta ahora, lo que ha de querer decir, así concluía, que la iglesia sabe tanto del asunto como nosotros, es decir, nada. Por entonces alguien escribió un artículo reclamando que el debate regresara a la cuestión que le dio origen, o sea, si sí o no la muerte era una o eran varias, si era singular muerte, o plural, muertes, y, aprovechando que estoy con la mano en la pluma, denunciar que la iglesia, con esas suposiciones ambiguas, lo que pretende es ganar tiempo sin comprometerse, por eso se puso, como es su costumbre, a entablillar la pata a la rana, a dar una en el clavo y otra en la herradura. La primera de estas expresiones populares causó perplejidad entre los periodistas, que nunca tal habían leído u oído en toda su vida. No obstante, ante el enigma, estimulados por un saludable afán de competición personal, sacaron de las estanterías los diccionarios con que algunas veces se ayudaban a la hora de escribir sus artículos y noticias y se lanzaron a la descubierta de qué hacía allí ese batracio. No encontraron nada, o mejor, sí encontraron a la rana, encontraron la pata, encontraron el verbo entablillar, pero no consiguieron tocar el sentido profundo que las tres palabras juntas a la fuerza tendrían que tener. Hasta que se le ocurrió a alguien llamar a un viejo portero que vino del pueblo hace ya muchos años y de quien todos se reían porque, tanto tiempo después de vivir en la ciudad, todavía hablaba como si estuviera ante la chimenea contándoles historias a sus nietos. Le preguntaron si conocía la frase y él respondió que sí señor, que la conocía, le preguntaron si sabía qué significaba y él respondió que sí señor, lo sabía. Entonces explíquela, dijo el redactor jefe, Entablillar, señores, es poner tablillas en los huesos partidos, Hasta ahí llegamos, lo que queremos es que nos diga qué tiene eso que ver con la rana, Lo tiene todo, nadie consigue poner tablillas en una rana, Por qué, Porque ella nunca deja quieta la pata, Y eso qué quiere decir, Que es inútil intentarlo, que no se deja, Pero no debe de ser eso lo que está en la frase del lector, También se usa cuando tardamos demasiado tiempo en acabar un trabajo, y, si lo hacemos a posta, entonces estamos taponando, entonces estamos entablillándole la pata a la rana, O sea, que la iglesia está taponando, está entablillándole la pata a la rana, Sí señor, Así que el lector que escribió tenía toda la razón, Creo que sí, pero yo sólo guardo la entrada de la puerta, Nos ha ayudado mucho, No quieren que les explique la otra frase, Cuál, La del clavo y la herradura, No, ésa la conocemos, la practicamos todos los días.

La polémica sobre la muerte y las muertes, tan bien iniciada por el espíritu que paira sobre las aguas del acuario, y por el aprendiz de filósofo, acabaría en comedia o en farsa si no hubiera aparecido el artículo del economista. Aunque el cálculo actuarial, como él mismo reconocía, no era su especialidad profesional, se consideraba suficientemente conocedor de la materia para preguntarse en público con qué dinero el país, dentro de unos veinte años, punto más, coma menos, pensaba pagar las pensiones a los millones de personas que se encontrarían en situación de jubilación por invalidez permanente y que así seguirían por todos los siglos de los siglos y a las que otros millones se les unirían implacablemente, tanto si se hace que la progresión sea aritmética o geométrica, de cualquier manera siempre tenemos garantizada la catástrofe, será la confusión, el desastre, la bancarrota del estado, el sálvese quien pueda, y nadie se salvará. Ante este cuadro espeluznante los metafísicos no tuvieron otro remedio que guardar la viola en su funda, la iglesia no tuvo otro recurso que regresar al cansado pasar cuentas de sus rosarios y seguir a la espera de la consumación de los tiempos, esa que, según sus escatológicas visiones, resolverá todo esto de una vez. Efectivamente, volviendo a las inquietantes razones del economista, los cálculos eran muy fáciles de hacer, veamos, si tenemos tanto de población activa que contribuye a la seguridad social, si tenemos tanto de población no activa que se encuentra jubilada, ya sea por vejez, ya sea por invalidez, y por consiguiente cobra de la otra sus pensiones, estando la activa en constante disminución con respecto a la inactiva y ésta en crecimiento continuo absoluto, no se entiende cómo nadie se haya dado cuenta enseguida de que la desaparición de la muerte, pareciendo el auge, la cúspide, la suprema felicidad, no era, en conclusión, una cosa buena. Fue necesario que los filósofos y otros abstractos anduviesen medio perdidos en los bosques de sus propias elucubraciones sobre el casi y el cero, que es la manera plebeya de decir el ser y la nada, para que el sentido común se presentara prosaicamente, con papel y lápiz en ristre, para demostrar a+b+c que había cuestiones mucho más urgentes en que pensar. Como era de prever, conociéndose los lados oscuros de la naturaleza humana, a partir del día en que salió publicado el alarmante artículo del economista, la actitud de la población saludable para con los pacientes terminales comenzó a modificarse para peor. Hasta ahí, aunque todo el mundo estuviera de acuerdo en que eran considerables los trastornos e incomodidades de toda especie que ellos causaban, se pensaba que el respeto por los viejos y por los enfermos en general representaba uno de los deberes esenciales de cualquier sociedad civilizada, y, por consiguiente, aunque a veces haciendo de tripas corazón, no se les negaban los cuidados necesarios, e incluso, en algunos casos señalados, se endulzaban con una cucharadita de compasión y amor antes de apagar la luz. Es cierto que también existen, como demasiado bien sabemos, esas desalmadas familias que, dejándose llevar por su incurable inhumanidad, llegaron al extremo de contratar los servicios de la maphia para deshacerse de los míseros despojos humanos que agonizaban interminablemente entre dos sábanas empapadas de sudor y manchadas por las excreciones naturales, pero ésas merecen nuestra represión, tanto como la que expresaríamos en la fábula tradicional mil veces narrada del cuenco de madera, aunque, felizmente, ahí se salvaron de la execración en el último momento, gracias, como se verá, al bondadoso corazón de un niño de ocho años. En pocas palabras se cuenta, y aquí la vamos a dejar para ilustración de las nuevas generaciones que la desconocen, con la esperanza de que no se burlen de ella por ingenua y sentimental. Atención, pues, a la lección moral. Érase una vez, en el antiguo país de las fábulas, una familia integrada por un padre, una madre, un abuelo que era el padre del padre y el ya mencionado niño de ocho años, un muchachito. Sucedía que el abuelo ya tenía mucha edad, por eso le temblaban las manos y se le caía la comida de la boca cuando estaban a la mesa, lo que causaba gran irritación al hijo y a la nuera, siempre diciéndole que tuviera cuidado con lo que hacía, pero el pobre viejo, por más que quisiera, no conseguía contener los temblores, peor aún si le regañaban, el resultado era que siempre manchaba el mantel o el suelo al dejar caer la comida, por no hablar de la servilleta que le ataban al cuello y que era necesario cambiarla tres veces al día, en el desayuno, al almuerzo y a la cena. Estaban las cosas así y sin ninguna expectativa de mejoría cuando el hijo decidió acabar con la desagradable situación. Apareció en casa con un cuenco de madera y le dijo al padre, A partir de ahora comerá aquí, sentado en el patio que es más fácil de limpiar para que su nuera no tenga que estarse preocupando con tantos manteles y tantas servilletas sucias. Y así fue. Desayuno, almuerzo y cena, el viejo sentado solo en el patio, llevándose la comida a la boca conforme era posible, la mitad se perdía en el camino, una parte de la otra mitad se le caía por la boca abajo, no era mucho lo que se le deslizaba por lo que el vulgo llama canal de la sopa. Al nieto no parecía importarle el feo tratamiento que le estaban dando al abuelo, lo miraba, luego miraba al padre y a la madre, y seguía comiendo como si nada tuviera que ver con el asunto. Hasta que una tarde, al regresar del trabajo, el padre vio al hijo trabajando con una navaja un trozo de madera y creyó que, como era normal y corriente en esas épocas remotas, estaría construyendo un juguete con sus propias manos. Al día siguiente, sin embargo, se dio cuenta de que no se trataba de un carro, por lo menos no se veía el sitio donde se le pudieran encajar unas ruedas, y entonces preguntó, Qué estás haciendo. El niño fingió que no había oído y siguió excavando en la madera con la punta de la navaja, esto pasó en el tiempo que los padres eran menos asustadizos y no corrían a quitar de las manos de los hijos un instrumento de tanta utilidad para la fabricación de juguetes. No me has oído, qué estás haciendo con ese palo, volvió a preguntar el padre, y el hijo, sin levantar la vista de la operación, respondió, Estoy haciendo un cuenco para cuando seas viejo y te tiemblen las manos, para cuando tengas que comer en el patio, como el abuelo. Fueron palabras santas. Se cayeron las escamas de los ojos del padre, vio la verdad y la luz, y en el mismo instante fue a pedirle perdón al progenitor y cuando llegó la hora de la cena con sus propias manos lo ayudó a sentarse en la silla, con sus propias manos le acercó la cuchara a la boca, con sus propias manos le limpió suavemente la barbilla, porque todavía podía hacerlo y su querido padre ya no. De lo que pasara después no hay señal en la historia, pero de ciencia muy cierta sabemos que si es verdad que el trabajo del muchachito se quedó a la mitad, también es verdad que el trozo de madera sigue por ahí. Nadie lo quiso quemar o tirar, ya sea para que la lección del ejemplo no cayera en el olvido, o por si se diera el caso de que alguien decidiera terminar la obra, eventualidad no del todo imposible de producirse si tenemos en cuenta la enorme capacidad de supervivencia de los dichos lados oscuros de la naturaleza humana. Como alguien dijo, todo lo que pueda suceder, sucederá, es una mera cuestión de tiempo, y, si no llegamos a verlo mientras que anduvimos por aquí, sería porque no vivimos lo suficiente. En cualquier caso, y para que no se nos acuse de pintar siempre con las pinturas de la parte izquierda de la paleta, hay quien admite la posibilidad de que una adaptación del amable cuento a la televisión, tras haberlo recogido un periódico, sacudidas las telarañas, de los polvorientos estantes de la memoria colectiva, pueda contribuir a que regresen a las quebrantadas conciencias de las familias el culto o el cultivo de los incorpóreos valores de espiritualidad de que la sociedad se nutría en el pasado, cuando el materialismo que hoy impera todavía no se había enseñoreado de voluntades que imaginábamos fuertes y al final eran la propia e insanable imagen de una aflictiva debilidad moral. Conservemos no obstante la esperanza. En el momento en que el muchachito aparezca en la pantalla, podemos estar seguros de que la mitad de la población del país correrá a buscar un pañuelo para enjugar las lágrimas, y de que la otra mitad, tal vez de temperamento estoico, las dejará correr por la cara, en silencio, para que se observe mejor cómo el remordimiento por el mal hecho o consentido no es siempre una palabra vana. Ojalá todavía estemos a tiempo de salvar a los abuelos.

Inesperadamente, con una deplorable falta de sentido de oportunidad, los republicanos decidieron aprovechar la delicada ocasión para hacer oír su voz. No eran muchos, ni siquiera tenían representación en el parlamento a pesar de que estaban organizados en partido político y regularmente concurrían a las elecciones. Se vanagloriaban, sin embargo, de cierta influencia social, sobre todo en los medios artísticos y literarios, por donde de vez en cuando hacían circular manifiestos por lo general bien redactados, pero invariablemente inocuos. Desde que desapareció la muerte no habían dado señales de vida, ni siquiera, como cabe esperar de una oposición que se dice frontal, para reclamar la aclaración de la rumoreada participación de la maphia en el ignóbil tráfico de pacientes terminales. Ahora, aprovechándose de la perturbación en que el país malvivía, dividido como estaba entre la vanidad de saberse único en todo el planeta y el desasosiego de no ser como todo el mundo, ponían sobre la mesa nada más y nada menos que la cuestión del régimen. Obviamente adversarios de la monarquía, enemigos del trono por definición, pensaban que habían descubierto un argumento nuevo a favor de la necesaria y urgente implantación de la república. Decían que iba contra la lógica más común que hubiera en el país un rey que nunca moriría y que, aunque mañana decidiera abdicar por motivo de edad o debilitamiento de las facultades mentales, rey seguiría siendo, el primero de una sucesión infinita de entronizaciones y abdicaciones, una infinita secuencia de reyes acostados en sus camas a la espera de una muerte que nunca llegaría, una cadena de reyes medio vivos medio muertos que, a no ser que los colocaran en los pasillos del palacio, acabarían llenando y por fin no cabiendo en el panteón donde fueron recogidos sus antecesores mortales, que ya no serían nada más que huesos desprendidos de los artejos o restos momificados y malolientes. Cuánto más lógico no sería tener un presidente de la república con vencimiento a plazo fijo, un mandato, como mucho dos, y después que se las avíe como pueda, que se dedique a su vida, dé conferencias, escriba libros, participe en congresos, coloquios y simposios, arengue en mesas redondas, dé la vuelta al planeta en ochenta recepciones, opine sobre la largura de las faldas cuando vuelvan a usarse y sobre la reducción del ozono en la atmósfera si todavía queda atmósfera, en fin, que se las componga. Todo menos tener que encontrar todos los días en los periódicos y oír en la televisión y en la radio el parte médico siempre igual, no atan ni desatan, sobre la situación de los internos en las enfermerías reales, que por cierto, viene a propósito que se informe, tras haber sido aumentadas dos veces, están a un tris de una tercera ampliación. El plural de enfermería está ahí para indicar que, como siempre sucede en instituciones hospitalarias o afines, los hombres se encuentran separados de las mujeres, o sea, reyes y príncipes a un lado, reinas y princesas a otro. Los republicanos desafiaban ahora al pueblo para que asumiera las responsabilidades que le competían, tomando el destino en sus manos para dar comienzo a una nueva vida y abriendo un nuevo y florido camino hacia las alboradas del porvenir. Esta vez el efecto del manifiesto no se limitó a tocar a los artistas y escritores, otras capas sociales se mostraron receptivas a la feliz imagen del camino florido y a las invocaciones de las alboradas del porvenir, lo que tuvo como resultado una concurrencia absolutamente fuera de lo común de adhesiones de nuevos militantes dispuestos a emprender una jornada que, tal como la pescada, que todavía en el agua la llaman así, ya era histórica antes de saberse si realmente lo iba a ser. Desgraciadamente las manifestaciones verbales de cívico entusiasmo de los nuevos adherentes a este republicanismo prospectivo y profético, en los días siguientes, no siempre fueron tan respetuosas como la buena educación y una sana convivencia democrática lo exigen. Algunas llegaron incluso a sobrepasar las fronteras de la más ofensiva grosería, como decir, por ejemplo, hablando de las realezas, que no estaban dispuestos a sustentar bestias con argolla ni burros con bizcocho. Todas las personas de buen gusto estuvieron de acuerdo en considerar tales palabras no sólo inadmisibles, sino también imperdonables. Bastaría con decir que las arcas del estado no podían seguir soportando más el continuo crecimiento de los gastos de la casa real y de sus adláteres, y todo el mundo lo comprendería. Era verdad y no ofendía.

El violento ataque de los republicanos, pero principalmente los inquietantes vaticinios contenidos en el artículo sobre la inevitabilidad, en un plazo muy breve, de que las dichas arcas del estado no podrían satisfacer el pago de las pensiones de vejez y de invalidez sin un final a la vista, hicieron que el rey notificara al primer ministro que necesitaba tener una conversación franca, a solas, sin magnetofones ni testigos de ninguna especie. Llegó el primer ministro, se interesó por la salud de las reales personas, en particular por la de la reina madre, aquella que en el último fin de año estaba a punto de morir, y después de todo, como tantas y tantas otras personas, todavía respiraba trece veces por minuto, que pocas más señales de vida se dejaban percibir en su cuerpo postrado, bajo el dosel del lecho. Su majestad agradeció, dijo que la reina madre sufría su calvario con la dignidad propia de la sangre que aún le corría por las venas, y luego pasó a los asuntos de la agenda, el primero de los cuales era la declaración de guerra de los republicanos. No entiendo qué les pasó por la cabeza a esa gente, dijo, el país hundido en la más terrible crisis de su historia y ellos hablando de cambio de régimen, Yo no me preocuparía, señor, lo que están haciendo es aprovechar la situación para difundir lo que llaman sus propuestas de gobierno, en el fondo no son otra cosa que unos pobres pescadores de aguas turbias, Con una lamentable falta de patriotismo, hay que añadir, Así es, señor, los republicanos tienen unas ideas sobre la patria que sólo ellos pueden entender, si es que realmente las entienden, Las ideas que tengan no me interesan, lo que quiero oír de usted es si existe alguna posibilidad de que consigan forzar un cambio de régimen, Si ni siquiera tienen representación en el parlamento, señor, Me refiero a un golpe de estado, a una revolución,

Ninguna posibilidad, señor, el pueblo está con su rey, las fuerzas armadas son leales al poder legítimo, Entonces puedo estar descansado, Absolutamente descansado, señor. El rey hizo una cruz en su agenda, al lado de la palabra republicanos, dijo, Ya está, y luego preguntó, Y qué historia es esa de las pensiones que no se pagan, Estamos pagándolas, señor, es el futuro lo que se presenta bastante negro, Entonces debo de haber leído mal, pensé que se había dado, digamos, una suspensión de pagos, No señor, es el mañana el que se presenta altamente preocupante, Preocupante hasta qué punto, En todos, señor, el estado podrá llegar a derrumbarse, simplemente, como un castillo de naipes, Somos el único país que se encuentra en esa situación, preguntó el rey, No señor, a largo plazo el problema los alcanzará a todos, pero lo que cuenta es la diferencia entre morir y no morir, es una diferencia fundamental, con perdón por la banalidad, No le entiendo, En los otros países se muere con normalidad, los fallecimientos siguen controlando el caudal de nacimientos, pero aquí, señor, en nuestro país, señor, no muere nadie, mire el caso de la reina madre, parecía que expiraba y ahí la tenemos, felizmente, quiero decir, crea que no exagero, estamos con la soga al cuello, A pesar de eso me han llegado rumores de que algunas personas van muriendo, Así es, señor, pero se trata de una gota de agua en el océano, no todas las familias se atreven a dar el paso, Qué paso, Entregar sus pacientes a la organización que se encarga de los suicidios, No le entiendo, de qué sirve que se suiciden si no pueden morir, Éstos sí, Y cómo lo consiguen, Es una historia complicada, señor, Cuéntemela, estamos a solas, Al otro lado de las fronteras se muere, señor, Entonces quiere decir que esa tal organización los lleva hasta allí, Exactamente, Y se trata de una organización benemérita, Nos ayuda a retardar un poco la acumulación de pacientes terminales, pero, como le he dicho, es una gota de agua en el océano, Y qué organización es ésa. El primer ministro respiró hondo y dijo, La maphia, señor, La maphia, Sí señor, la maphia, a veces el estado no tiene otro remedio que buscar fuera quien haga los trabajos sucios, No me dijo nada, Señor, quise mantener a vuestra majestad al margen del asunto, asumo la responsabilidad, Y las tropas que estaban en las fronteras, Tenían una función que desempeñar, Qué función, La de aparentar un obstáculo al paso de los suicidas no siéndolo, Pensé que estaban ahí para impedir una invasión, Nunca hubo ese peligro, de todos modos establecimos acuerdos con los gobiernos de esos países, todo está controlado, Menos la cuestión de las pensiones, Menos la cuestión de la muerte, señor, si no volvemos a morir, no tenemos futuro. El rey hizo una cruz al lado de la palabra pensiones y dijo, Es necesario que ocurra algo, Sí, majestad, es necesario que ocurra algo.

El sobre se encontraba en la mesa del director general de la televisión cuando la secretaria entró en el despacho. Era de color violeta, luego fuera de lo común, y el papel, de tipo gofrado, imitaba la textura del lino. Parecía antiguo y daba la impresión de que ya había sido utilizado antes. No tenía ninguna dirección, tanto de remitente, lo que a veces sucede, como de destinatario, lo que no sucede nunca, y estaba en un despacho cuya puerta, cerrada con llave, acababa de ser abierta en ese momento, y donde nadie podría haber entrado durante la noche. Al darle la vuelta para ver si había algo escrito por detrás, la secretaria se sintió pensando, con una difusa sensación de lo absurdo que era pensarlo y haberlo sentido, que el sobre no estaba allí en el momento en que introdujo la llave e hizo funcionar el mecanismo de la cerradura. Qué disparate, murmuró, no reparé en que estaba aquí cuando salí ayer. Pasó los ojos por el despacho para ver si todo se encontraba en orden y se retiró a su lugar de trabajo. En su calidad de secretaria, y de confianza, estaba autorizada a abrir aquel o cualquier otro sobre, y más si no tenía ninguna indicación de carácter restrictivo, como serían las de personal, reservado o confidencial, pero no lo hizo, y no comprendía por qué. Dos veces se levantó de su sillón y entreabrió la puerta del despacho. El sobre seguía allí. Me estoy volviendo maniática, será efecto del calor, pensó, que venga ya él y se acabe el misterio. Se refería al jefe, al director general que tardaba. Eran las diez y cuarto cuando finalmente apareció. No era persona de muchas palabras, llegaba, daba los buenos días e inmediatamente entraba en su despacho, donde la secretaria tenía orden de pasar sólo cinco minutos después, el tiempo que él consideraba necesario para ponerse cómodo y encender el primer cigarro de la mañana. Cuando la secretaria entró, el director todavía tenía puesto el abrigo y no fumaba. Sostenía con las dos manos una hoja de papel del mismo color que el sobre, y las dos manos temblaban. Volvió la cabeza hacia la secretaria que se aproximaba, pero fue como si no la reconociese. De repente extendió un brazo con la mano abierta para hacerla detenerse y le dijo con una voz que parecía salir de otra garganta, Salga inmediatamente, cierre la puerta y no deje entrar a nadie, a nadie, me ha oído, sea quien sea. Solícita, la secretaria quiso saber si había algún problema, pero él le interrumpió la palabra con violencia, No me ha oído decirle que salga, preguntó. Y casi gritando, Salga ahora, ya. La pobre señora se retiró con lágrimas en los ojos, no estaba habituada a que la tratase de este modo, es cierto que el director, como todo el mundo, tiene sus defectos, pero es una persona generalmente bien educada, a las secretarias no suele faltarles al respeto. Es por algo que viene en la carta, no tiene otra explicación, pensó mientras buscaba un pañuelo para enjugarse las lágrimas. No se equivocaba. Si se atreviera a entrar otra vez en el despacho vería al director general andando rápidamente de un lado para otro, con expresión de desvarío en la cara, como si no supiera qué hacer y al mismo tiempo tuviera la conciencia clara de que sólo él, y nadie más, podría hacerlo. El director miró el reloj, miró la hoja de papel, murmuró en voz muy baja, casi en secreto, Todavía hay tiempo, todavía hay tiempo, después se sentó para releer la carta misteriosa mientras se pasaba con gesto mecánico la mano libre por la cabeza, como si quisiera cerciorarse de que todavía la tenía en su lugar, de que no la había perdido engullida por la vorágine de miedo que le retorcía el estómago. Acabó de leerla, se quedó con los ojos perdidos en el vacío, pensando, Tengo que hablar con alguien, después acudió a su mente, en su socorro, la idea de que tal vez se tratara de una broma, de una broma de pésimo gusto, un telespectador descontento, como hay tantos, y para colmo con imaginación morbosa, quien tiene responsabilidades directivas en la televisión sabe muy bien que por ahí no todo es un mar de rosas, Pero no es a mí a quien se le escribe para desahogarse, pensó. Como es natural, este pensamiento le indujo a descolgar el teléfono para preguntarle a la secretaria, Quién ha traído esta carta, No lo sé, señor director, cuando llegué y abrí la puerta de su despacho, como hago siempre, ya estaba ahí, Pero eso es imposible, durante la noche nadie tiene acceso a este despacho, Así es, señor director, Entonces cómo se lo explica, No me lo pregunte a mí, señor director, hace unos momentos quise decirle lo que había pasado, pero ni siquiera me dio tiempo, Reconozco que fui un poco brusco, perdone, No tiene importancia, señor director, pero me ha dolido. El director general volvió a perder la paciencia, Si le dijera lo que tengo aquí, entonces iba a saber lo que es doler. Y colgó. Volvió a mirar el reloj, después se dijo a sí mismo, Es la única salida, no veo otra, hay decisiones que no me compete tomar a mí. Abrió una agenda, buscó el número que le interesaba, lo encontró, Aquí está, dijo. Las manos seguían temblándole, le costó acertar con los números y más aún acertar con la voz cuando del otro lado le respondieron, Páseme con el despacho del primer ministro, pidió, soy el director de televisión, el director general. Atendió el jefe de gabinete, Buenos días, señor director, encantado de oírlo, en qué puedo serle útil, Necesito que el primer ministro me reciba lo más rápidamente posible para un asunto de extrema urgencia, Puede decirme de qué se trata para que se lo transmita al señor primer ministro, Lo lamento, pero es imposible, el asunto, además de urgente, es estrictamente confidencial, No obstante, si me da una idea, Tengo en mi poder, aquí, delante de estos ojos que la tierra se han de comer, un documento de trascendente importancia nacional, si esto que le estoy diciendo no es suficiente, si no es bastante para que me ponga ahora mismo en comunicación con el primer ministro dondequiera que se encuentre, temo mucho por su futuro personal y político, Así de serio es, Sólo le digo que, a partir de este momento, cada minuto que pase es de su exclusiva responsabilidad, Voy a ver qué puedo hacer, el señor primer ministro está muy ocupado, Pues entonces desocúpelo, si quiere ganar una medalla, Inmediatamente, Me quedo a la espera, Puedo hacerle otra pregunta, Por favor, qué más quiere saber todavía, Por qué ha dicho estos ojos que la tierra se han de comer, eso era antes, No sé lo que usted era antes, pero sé lo que es ahora, un rematado idiota, páseme al primer ministro, ya. La insólita dureza de las palabras del director general muestra hasta qué punto su espíritu se encuentra alterado. Es como si se hubiera apoderado de él una especie de obnubilación, no se reconoce, no comprende cómo es posible que haya insultado a alguien por el simple hecho de expresar una pregunta absolutamente razonable, tanto en los términos como en la intención. Tengo que pedirle disculpas, pensó arrepentido, mañana podré necesitarlo. La voz del primer ministro sonó impaciente, Qué pasa, preguntó, los problemas de la televisión, por lo que sé, no son asunto mío, No se trata de la televisión, señor primer ministro, tengo una carta, Sí, ya me han dicho que tiene una carta, y qué quiere que haga, Sólo le pido que la lea, nada más, el resto, usando sus propias palabras, no es asunto mío, Lo noto nervioso, Sí, señor primer ministro, estoy más que nervioso, Y qué dice esa misteriosa carta, No se lo puedo decir por teléfono, La línea es segura, Incluso así no le diré nada, toda cautela es poca, Entonces mándemela, Se la entregaré en mano, no quiero correr el riesgo de enviarla con un mensajero, Yo le mando alguien de aquí, mi jefe de gabinete, por ejemplo, persona más cercana será difícil, Señor primer ministro, por favor, no estaría aquí incomodándolo si no tuviera un motivo muy serio, necesito que me reciba, Cuándo, Ahora mismo, Estoy ocupado, Señor primer ministro, por favor, Bien, ya que insiste, venga, espero que el misterio valga la pena, Gracias, voy corriendo. El director general colgó el teléfono, metió la carta en el sobre, se la guardó en uno de los bolsillos interiores de la chaqueta y se levantó. Las manos ya no le temblaban, pero la frente la tenía bañada en sudor. Se limpió la cara con el pañuelo, después llamó a la secretaria por el teléfono interior, le dijo que iba a salir, que pidiera su coche. El hecho de haberle pasado la responsabilidad a otra persona lo calmaba un poco, dentro de media hora su papel en este asunto habrá terminado. La secretaria abrió la puerta, El coche le espera, señor director, Gracias, no sé cuánto tiempo tardaré, tengo un encuentro con el primer ministro, pero esta información es sólo para usted, Quédese tranquilo, señor director, no diré nada, Hasta luego, Hasta luego, señor director, que todo salga bien, Como están las cosas, ya no sabemos ni lo que está bien ni lo que está mal, Tiene razón, A propósito, cómo se encuentra su padre, En la misma situación, señor director, sufrir, no parece sufrir, pero parece que está a punto de expirar, de extinguirse, ya lleva dos meses en ese estado, y, en vistas de lo que sucede, lo único que puedo hacer es esperar mi turno para que me acuesten en una cama junto a la suya, Quién sabe, dijo el director, y salió.

El jefe de gabinete recibió al director general en la puerta, lo saludó con frialdad evidente, después dijo, Le llevo con el señor primer ministro, Un minuto, antes quiero pedirle disculpas, había realmente un rematado idiota en nuestra conversación, pero era yo, Lo más probable es que no fuera ninguno de los dos, dijo el jefe de gabinete, sonriendo, Si pudiese ver lo que llevo dentro de este bolsillo comprendería mi estado de espíritu, No se preocupe, en lo que a mí respecta, está disculpado, Se lo agradezco, y ya verá, no faltan muchas horas para que la bomba estalle y se haga pública, Ojalá no haga demasiado estruendo al explotar, El estruendo será mayor que el peor de los truenos jamás escuchado, y los relámpagos más cegadores que todos los demás juntos, Me está preocupando, En ese momento, querido amigo, tengo la certeza de que volverá a disculparme, Vamos, el primer ministro ya le está esperando. Atravesaron una sala que en épocas pasadas debió de ser llamada antecámara, y un minuto después el director general estaba en presencia del primer ministro, que lo recibió con una sonrisa, Veamos qué problema de vida o de muerte es ese que me trae, Con el debido respeto, estoy convencido de que nunca de su boca habrán salido palabras más ciertas, señor primer ministro. Se sacó la carta del bolsillo y se la pasó por encima de la mesa. El otro se extrañó, No trae el nombre del destinatario, Ni de quien la envía, dijo el director, es como si fuera una carta dirigida a todas las personas, Anónima, No, señor primer ministro, como podrá ver viene firmada, pero léala, léala, por favor. El sobre fue abierto pausadamente, la hoja de papel desdoblada, pero enseguida de ver las primeras líneas el primer ministro levantó los ojos y dijo, Esto parece una broma, Podría serlo, de hecho, pero no lo creo, apareció sobre mi mesa de trabajo sin que nadie sepa cómo, No me parece que ésa sea una buena razón para dar crédito a lo que aquí se dice, Continúe, continúe, por favor. Cuando llegó al final de la carta, el primer ministro, despacio, moviendo los labios en silencio, articuló las dos sílabas de la palabra que la firmaba. Dejó el papel sobre la mesa, miró fijamente al interlocutor y dijo, Imaginemos que se trata de una broma, No lo es, Tampoco yo creo que lo sea, pero si digo que lo imaginemos es sólo para concluir que no demoraremos muchas horas en saberlo, Precisamente doce, dado que ahora es mediodía, Ahí es donde quiero llegar, si lo que se anuncia en la carta llega a cumplirse, y si no avisamos antes a la gente, se repetirá, pero al revés, lo que sucedió en la noche de fin de año, Da lo mismo que avisemos o que no, señor primer ministro, el efecto será el mismo, Contrario, Contrario, pero el mismo, Exacto, sin embargo, si avisamos y luego se comprueba que se trataba de una broma, las personas habrán pasado un mal rato inútilmente, aunque sea cierto que habría mucho que decir sobre la pertinencia de este adverbio, No creo que merezca la pena, usted ha dicho que no piensa que sea una broma, Así es, Qué hacemos entonces, avisar o no avisar, Ésa es la cuestión, mi querido director general, tenemos que pensar, ponderar, reflexionar, La cuestión ya está en sus manos, señor primer ministro, la decisión le pertenece, Me pertenece, sí, hasta podría romper el papel en mil pedazos y echarme a esperar lo que ha de ocurrir, No creo que lo haga, Tiene razón, no lo haré, por tanto hay que tomar una decisión, decir simplemente que la gente tiene que ser avisada no basta, es necesario saber cómo, Los medios de comunicación social existen para eso, señor primer ministro, tenemos la televisión, los periódicos, la radio, Su idea es que distribuyamos a todos esos medios una fotocopia de la carta acompañada de un comunicado del gobierno en que se solicite de la población serenidad y se den algunos consejos acerca de cómo proceder en la emergencia, Señor primer ministro, ha formulado la idea mejor de lo que yo alguna vez sería capaz de hacer, Le agradezco la lisonjera opinión, pero ahora le pido que haga un esfuerzo e imagine lo que ocurriría si procediésemos de ese modo, No lo entiendo, Esperaba más del director general de televisión, Si es así, siento no estar a la altura, señor primer ministro, Claro que está, lo que pasa es que se encuentra aturdido por la responsabilidad,

Y usted, que es primer ministro, no lo está, También lo estoy, pero, en mi caso, aturdido no quiere decir paralizado, Afortunadamente para el país, Se lo agradezco una vez más, no hemos hablado mucho el uno con el otro, generalmente de la televisión hablo con el ministro responsable, pero creo que ha llegado el momento de hacer de usted una figura nacional, Ahora ya no lo comprendo en absoluto, señor primer ministro, Es simple, este asunto se quedará entre nosotros, rigurosamente entre nosotros, hasta las nueve de la noche, a esa hora el informativo de televisión abrirá con la lectura de un comunicado oficial en el que se explicará lo que va a suceder a medianoche de hoy, también se leerá un resumen de la carta, y la persona que realizará estas dos lecturas será el director general de la televisión, en primer lugar porque fue él el destinatario de la carta, aunque no nombrado en ella, en segundo lugar porque el director general es la persona en quien confío para que ambos llevemos a cabo la misión que, implícitamente, nos fue encargada por la dama que firma este papel, Un locutor haría mejor el trabajo, señor primer ministro, No quiero un locutor, quiero al director general de la televisión, Si es ése su deseo, lo consideraré como un honor, Somos las únicas personas que conocen lo que va a pasar hoy a medianoche y seguiremos siéndolo hasta la hora en que el país reciba la información, si hiciéramos lo que propuse antes, es decir, pasar ya la noticia a los medios de comunicación social, íbamos a tener doce horas de confusión, de pánico, de tumulto, de histerismo colectivo, y no sé cuántas cosas más, por tanto, dado que no está dentro de nuestras posibilidades, me refiero al gobierno, evitar esas reacciones, al menos las limitaremos a tres horas, de ahí en adelante ya no será cosa nuestra, vamos a tener de todo, lágrimas, desesperación, alivios mal disimulados, nuevas cuentas a la vida, Me parece una buena idea, Sí, pero sólo porque no tenemos otra mejor. El primer ministro tomó la hoja de papel, le pasó los ojos sin leerla y dijo, Es curioso, la letra inicial de la firma debería ser mayúscula, y es minúscula, También a mí me pareció raro, escribir un nombre con minúscula es anormal, Dígame, se ve algo normal en toda esta historia que vamos viviendo, Realmente, nada, A propósito, sabe hacer fotocopias, No soy especialista, pero lo he hecho algunas veces, Estupendo. El primer ministro guardó la carta y el sobre en una cartera repleta de documentos y mandó llamar al jefe de su gabinete, a quien le ordenó, Mande desocupar inmediatamente la sala donde se encuentra la fotocopiadora, Está donde los funcionarios trabajan, señor primer ministro, es ése su lugar, Que se vayan a otro sitio, que esperen en el pasillo o salgan a fumar un cigarro, sólo necesitamos de tres minutos, no es así, director general, Ni tanto, señor primer ministro, Yo podría hacer la fotocopia con absoluta discreción, si es eso, como me permito suponer, lo que se pretende, dijo el jefe de gabinete, Es precisamente eso lo que se pretende, discreción, pero, por esta vez, yo mismo me encargaré del trabajo, con la asistencia técnica, digámoslo así, del señor director general de la televisión aquí presente, Muy bien, señor primer ministro, voy a dar las órdenes necesarias para que la sala sea evacuada. Regresó dos minutos después, Ya está desocupada, señor primer ministro, si no hay inconveniente regreso a mi despacho, Me alegra no haber tenido que decírselo y le pido que no tome a mal estas maniobras aparentemente conspirativas por el hecho de que se le excluya, hoy mismo conocerá el motivo de tantas precauciones sin necesitar que yo se lo diga, Seguro, señor primer ministro, nunca me permitiría dudar de la bondad de sus razones, Así se habla, querido amigo. Cuando el jefe de gabinete salió, el primer ministro tomó la cartera y dijo, Vamos. La sala estaba desierta. En menos de un minuto la fotocopia quedó lista, letra por letra, palabra por palabra, pero era otra cosa, le faltaba el toque inquietante del papel color violeta, ahora es una misiva vulgar, común, tipo Ojalá estas líneas os encuentren de buena y feliz salud en compañía de toda la familia, por mi parte sólo puedo decir bien de la vida y de quien la hizo. El primer ministro le entregó la copia al director general, Ahí la tiene, me quedo con el original, dijo, Y el comunicado del gobierno, cuándo lo recibiré, Siéntese, que yo mismo lo redacto en un instante, es fácil, queridos compatriotas, el gobierno considera que es su deber informar al país sobre una carta que hoy ha llegado a sus manos, un documento cuyo significado e importancia no necesitan ser encarecidos, aunque no estamos en condiciones de garantizar su autenticidad, admitimos, sin querer anticipar su contenido, una posibilidad de que no llegue a producirse lo que en el mismo documento se anuncia, en cualquier caso, para que la población no se vea sorprendida en una situación que no estará exenta de tensiones y aspectos críticos varios, se va a proceder de inmediato a su lectura, para la que, con el beneplácito del gobierno, ha sido encargado el director general de televisión, una palabra más antes de terminar, no es necesario asegurar que, como siempre, el gobierno se mantendrá atento para con los intereses y necesidades de la población en horas que serán, sin duda, de las más difíciles desde que somos nación y pueblo, motivo este por el que apelamos a todos para que conserven la calma y la serenidad de que tantas muestras han sido dadas durante la sucesión de fatalidades que hemos pasado desde el principio de año, al mismo tiempo que confiamos que un porvenir más benévolo nos restituya la paz y la felicidad de que somos merecedores y que disfrutábamos antes, queridos compatriotas, les recuerdo que la unión hace la fuerza, éste es nuestro lema, nuestra divisa, mantengámonos unidos y el futuro será nuestro, bueno, ya está, como ve, ha sido rápido, estos comunicados oficiales no exigen grandes esfuerzos de imaginación, casi se podría decir que se redactan por sí mismos, ahí tiene una máquina de escribir, copie y guárdelo todo bien guardado hasta las nueve de la noche, no se separe de esos papeles ni por un instante, Quédese tranquilo, señor primer ministro, soy perfectamen-

te consciente de mis responsabilidades en esta co-
yuntura, tenga la certeza de que no se sentirá decep-
cionado, Muy bien, ahora puede regresar a su trabajo, Permítame que le haga todavía dos preguntas
antes de marcharme, Adelante, Me acaba de decir
que hasta las nueve de la noche sólo dos personas
sabrán de este asunto, Sí, usted y yo, nadie más, ni
siquiera el gobierno, Y el rey, si no es osadía por mi
parte meterme donde no me llaman, Su majestad
lo sabrá al mismo tiempo que los demás, esto, claro,
si está viendo la televisión, Supongo que no le va a
gustar mucho no haber sido informado antes, No
se preocupe, la mejor de las virtudes que exornan a
los reyes, me refiero, como es obvio, a los constitu-
cionales, es que son personas extraordinariamente
comprensivas, Ah, Y la otra pregunta que quería
hacerme, No es una pregunta, Entonces, Es que,
siendo sincero, estoy asombrado con la sangre fría
que está demostrando, señor primer ministro, a mí,
lo que va a suceder en el país a medianoche me parece una catástrofe, un cataclismo como no ha habido otro nunca, una especie de fin del mundo,
mientras que, mirándolo a usted, es como si estuviera tratando un asunto cualquiera de la rutina
gubernativa, da tranquilamente sus órdenes, hasta
me ha parecido, hace poco, verlo sonreír, Estoy convencido de que también usted, querido director general, sonreiría si tuviera una idea de la cantidad de
problemas que esta carta va a resolverme sin necesidad de mover un dedo, y ahora déjeme trabajar,
tengo que dar unas cuantas órdenes, hablar con el

ministro del interior para que ponga a la policía en estado de alerta, trataré de inventar un motivo verosímil, la posibilidad de una alteración del orden público, no es persona para perder mucho tiempo pensando, prefiere la acción, denle acción si quieren verlo feliz, Señor primer ministro, consienta que le diga que considero un privilegio sin precio haber vivido a su lado estos momentos cruciales, Menos mal que lo ve de esa forma, pero sepa que mudaría rápidamente de opinión si una sola de las palabras que han sido dichas en este despacho, suyas o mías, llega a ser conocida fuera de sus cuatro paredes, Comprendo, Como un rey constitucional, Sí, señor primer ministro.

Eran casi las veinte horas y treinta minutos cuando el director general llamó al responsable de informativos para comunicarle que esa noche el telediario se abriría con la lectura de un comunicado del gobierno al país, del que, como es habitual, se encargaría el presentador correspondiente, tras lo cual, él mismo, director general, leería otro documento, complementario del primero. Si al responsable de informativos el procedimiento le pareció anormal, desusado, fuera de lo corriente, no lo dio a entender, se limitó a pedir los documentos para ser introducidos en el teleprompter, ese meritorio aparato que permite crear la pretenciosa ilusión de que el comunicante se está dirigiendo directa y únicamente a cada una de las personas que lo escuchan. El director general respondió que en este caso el teleprompter no iba a ser utilizado, Haremos la lectura a la moda antigua, dijo, y añadió que entraría en el estudio a las veinte horas y cincuenta y cinco minutos exactos, momento en que entregaría el comunicado del gobierno al presentador, a quien ya le habrían sido dadas instrucciones rigurosas para sólo abrir la carpeta que lo contenía en el momento de su lectura. El responsable de informativos pensó que, ahora sí, había motivo para mostrar un cierto interés por el asunto, Es tan importante, preguntó, En media hora lo sabrá, Y la bandera, señor director general, quiere que mande que la coloquen tras el sillón donde ha de sentarse, No, nada de banderas, no soy ni jefe del gobierno ni ministro, Ni rey, sonrió el jefe de informativos con aires de lisonjera complicidad, como si quisiera dar a entender que rey, sí, lo era, pero de la televisión nacional. El director general hizo como que no lo había oído, Puede irse, dentro de veinte minutos estaré en el estudio, No habrá tiempo para que lo maquillen, No quiero ser maquillado, la lectura será bastante breve y los telespectadores, en ese momento, tendrán más cosas en que pensar que si mi cara está maquillada o no, Muy bien, lo que usted mande, En todo caso, tome precauciones para que los focos no me hagan ojeras, no me gustaría que me vieran en la pantalla con aspecto de desenterrado, hoy menos que en ninguna otra ocasión. A las veinte horas y cincuenta y cinco minutos el director general entró en el estudio, le entregó al presentador la carpeta con el comunicado del gobierno y se sentó en el lugar que le estaba destinado. Atraídas por lo insólito de la situación, la noticia, como era de esperar, había circulado, había en el estudio muchas más personas de lo que era habitual. El realizador ordenó silencio. A las veintiuna horas exactas surgió, acompañada por su inconfundible sintonía, la fulgurante cabecera del telediario, una variada y velocísima secuencia de imágenes con las que se pretendía convencer al telespectador de que aquella televisión, a su servicio veinticuatro horas al día, estaba, como antiguamente se decía de la divinidad, en todas partes y a todas partes mandaba noticias. En el mismo instante en que el presentador acabó de leer el comunicado del gobierno, la cámara número dos puso al director general en la pantalla. Se notaba que estaba nervioso, que tenía la garganta cerrada. Carraspeó un poco para limpiarse la voz y comenzó a leer, señor director general de la televisión nacional, estimado señor, para los efectos que las personas interesadas estimen convenientes le informo de que a partir de la medianoche de hoy se volverá a morir tal como sucedía, sin protestas notorias, desde el principio de los tiempos y hasta el día treinta y uno de diciembre del año pasado, debo explicarle que la intención que me indujo a interrumpir mi actividad, la de parar de matar, a envainar la emblemática guadaña que imaginativos pintores y grabadores de otros tiempos me pusieron en la mano, fue ofrecer a esos seres humanos que tanto me detestan una pequeña muestra de lo que para ellos sería vivir siempre, es decir, eternamente, aunque, aquí entre nosotros dos, señor director general de la televisión nacional, tenga que confesarle mi total ignorancia acerca de si las dos palabras, siempre y eternamente, son tan sinónimas cuanto en general se cree, ahora bien, pasado este periodo de algunos meses que podríamos llamar de prueba de resistencia o de tiempo gratuito y teniendo en cuenta los lamentables resultados de la experiencia, ya sea desde un punto de vista moral, es decir, filosófico, ya sea desde un punto de vista pragmático, es decir, social, he considerado que lo mejor para las familias y para la sociedad en su conjunto, tanto en sentido vertical, como en sentido horizontal, es hacer público el reconocimiento de la equivocación de que soy responsable y anunciar el inmediato regreso a la normalidad, lo que significa que a todas aquellas personas que ya deberían estar muertas, pero que, con salud o sin ella, han permanecido en este mundo, se les apagará la candela de la vida cuando se extinga en el aire la última campanada de la medianoche, nótese que la referencia a la campanada de la medianoche es meramente simbólica, no vaya a ser que a alguien se le pase por la cabeza la idea estúpida de parar los relojes de los campanarios o de quitarle el badajo a las campanas pensando que de esa manera detendría el tiempo y podría contradecir lo que es mi decisión irrevocable, esta de devolver el supremo miedo al corazón de los hombres   la mayor parte de las personas que antes se encontraban en el estudio ya había desaparecido, y las que todavía quedaban cuchicheaban unas con otras, sus murmullos siseaban sin que al realizador, él mismo con la boca abierta de puro pasmo, se le ocurriera mandar callar con ese gesto furioso que era su costumbre usar en circunstancias obviamente mucho menos dramáticas   luego resígnense y mueran sin discutir porque de nada les valdría, sin embargo, hay un punto en que siento que tengo la obligación de reconocer mi error, y tiene que ver con el injusto y cruel procedimiento que venía siguiendo, que era quitarle la vida a las personas a traición, sin aviso previo, sin decir agua va, comprendo que se trataba de una indecente brutalidad, cuántas veces no di tiempo ni siquiera para que hicieran testamento, es cierto que en la mayoría de los casos les mandaba una enfermedad que abriera camino, pero las enfermedades tienen algo curioso, los seres humanos siempre esperan librarse de ellas, de modo que ya cuando es demasiado tarde acaban sabiendo que ésa iba a ser la última, en fin, a partir de ahora todo el mundo estará prevenido de la misma manera y tendrá un plazo de una semana para poner en orden lo que todavía le queda de vida, hacer testamento y decir adiós a la familia, pidiendo perdón por el mal hecho o haciendo las paces con el primo con el que estaba de relaciones cortadas desde hace veinte años, dicho esto, señor director general de la televisión nacional, sólo me queda pedirle que haga llegar hoy mismo a todos los hogares del país este mi mensaje autógrafo, que firmo con el nombre con que generalmente se me conoce, muerte. El director general se levantó del sillón cuando vio que ya no estaba en pantalla, do-

133

bló la copia de la carta y se la guardó en uno de los bolsillos interiores de la chaqueta. Notó que se le acercaba el realizador, pálido, con el rostro descompuesto, Así que era esto, decía en un murmullo casi inaudible, así que era esto. El director general asintió en silencio y se dirigió a la salida. No oyó las palabras que el locutor comenzó a balbucear, Acaban de escuchar, y después las noticias que habían dejado de tener importancia porque nadie en el país les estaba dando la menor atención, en las casas en que había un enfermo terminal las familias se reunieron en torno a la cabecera del infeliz, aunque no podían decirle que moriría de ahí a tres horas, no podían decirle que ya podía aprovechar el tiempo para hacer el testamento al que siempre se había negado o si quería que llamaran al primo para hacer las paces, tampoco podían practicar la hipocresía habitual como era preguntar si se sentía mejor, se quedaban contemplando la pálida y blanda cara, después miraban el reloj a hurtadillas, a la espera de que el tiempo pasara y de que el tren del mundo regresara a los carriles habituales para hacer el viaje de siempre. Y no fueron pocas las familias que habiéndole pagado ya a la maphia para que les retirara el triste despojo, y suponiendo, en el mejor de los casos, que no se iban a poner a llorar el dinero perdido, veían como, si hubieran tenido un poco más de caridad y paciencia, les habría salido gratis el despeje. En las calles había enormes alborozos, se veían personas paradas, aturdidas, desorientadas, sin saber hacia qué lado huir, otras lloraban desconsoladamente, otras abrazadas, como si hubieran decidido comenzar allí las despedidas, otras discutían si la culpa de todo esto no la tendría el gobierno, o la ciencia médica, o el papa de roma, un escéptico protestaba que no había memoria de que la muerte hubiera escrito jamás una carta y que era necesario hacerle con urgencia el análisis de la caligrafía porque, decía, una mano compuesta de trocitos de huesos nunca podría escribir de la misma manera que lo hubiera hecho una mano completa, auténtica, viva, con sangre, venas, nervios, tendones, piel y carne, y que si era cierto que los huesos no dejan impresiones digitales en el papel y por tanto por ahí no se podría identificar al autor de la carta, un examen de adn tal vez lanzase alguna luz sobre esta inesperada manifestación epistolar de un ser, si la muerte lo es, que había estado en silencio toda la vida. En este mismo momento el primer ministro está hablando con el rey por teléfono, le explica las razones por las que había decidido no darle conocimiento de la carta de la muerte, y el rey responde que sí, que comprende perfectamente, entonces el primer ministro le dice que siente mucho el funesto desenlace que la última campanada de la medianoche impondrá a la periclitante vida de la reina madre, y el rey encoge los hombros, que para poca vida, más vale ninguna, hoy ella, mañana yo, sobre todo ahora que el príncipe heredero da señales de impaciencia, pregunta cuándo llegará su turno de ser rey constitucional. Después de terminada esta conversación íntima, con toques de inusual sinceridad, el primer ministro dio instrucciones a su jefe de gabinete para convocar a todos los miembros del gobierno a una reunión de máxima urgencia, los quiero aquí en tres cuartos de hora, a las diez en punto, dijo, tenemos que discutir, aprobar y poner en marcha los paliativos necesarios para aminorar las confusiones y guirigáis de todas las especies que la nueva situación inevitablemente creará en los próximos días, Se refiere a la cantidad de personas fallecidas que va a ser necesario evacuar en ese plazo cortísimo, señor primer ministro, Eso es lo menos importante, querido amigo, para resolver los problemas de esa naturaleza están las funerarias, es más, para ellas ha acabado la crisis, deben de estar muy contentas calculando lo que van a ganar, así que ellas enterrarán a los muertos, como les compete, mientras nosotros nos ocupamos de los vivos, por ejemplo, organizando equipos de psicólogos que ayuden a las personas a superar el trauma de volver a morir cuando estaban convencidas de que iban a vivir siempre, Realmente debe de ser duro, yo mismo lo había pensado, No pierda tiempo, los ministros que traigan a los secretarios de estado respectivos, los quiero aquí a todos a las diez en punto, si alguno le pregunta, dígale que es el primero en ser convocado, son como niños pequeños que quieren caramelos. El teléfono sonó, era el ministro del interior, Señor primer ministro, estoy recibiendo llamadas de todos los periódicos, dijo, exigen que les sean entregadas copias de la carta que acaba de ser leída en televisión en nombre de la muerte y que yo deplorablemente desconocía, No lo deplore, si decidí asumir la responsabilidad de guardar el secreto fue para que no tuviéramos que aguantar doce horas de pánico y de confusión, Qué hago, entonces, No se preocupe con este asunto, mi gabinete va a distribuir la carta ahora mismo entre todos los medios de comunicación social, Muy bien, señor primer ministro, El gobierno se reúne a las diez en punto, traiga a sus secretarios de estado, Los subsecretarios también, No, que ésos se queden guardando la casa, siempre he oído que mucha gente junta no se salva, Sí, señor primer ministro, Sea puntual, la reunión comenzará a las diez y un minuto, Tenga la seguridad de que seremos los primeros en llegar, señor primer ministro, Recibirá su medalla, Qué medalla, Es una manera de hablar, no me haga caso.

Los representantes de las empresas funerarias, entierros, incineraciones y traslados, servicio permanente, se reunirán a la misma hora en la sede de la corporación. Confrontados con el desmesurado y nunca antes experimentado desafío profesional que representará la muerte simultánea y el subsecuente despacho fúnebre de miles de personas en todo el país, la única solución seria que se les plantea, además de altamente beneficiosa desde el punto de vista económico gracias al abaratamiento racional de costos, será poner en juego, de forma conjunta y ordenada, los recursos de personal y los medios tecnológicos de que disponen, en suma, la logística, estableciendo de camino cuotas proporcionales de participación en la tarta, como graciosamente dirá el presidente de la asociación del ramo, con discreto, aunque sonriente, aplauso de la compañía. Habrá que tener en cuenta, por ejemplo, que la producción de cajas, tumbas, ataúdes, féretros y catafalcos para uso humano se encuentra estancada desde el día en que las personas dejaron de morir y que, en el improbable caso de que todavía queden existencias en alguna carpintería de gerencia conservadora, será como la pequeña rosette de malherbe, que, convertida en rosa, no puede durar más que la brevedad de una mañana. La cita literaria fue obra del presidente, que, sin venir mucho a cuento, pero provocando los aplausos de la asistencia, dijo a continuación, Sea como sea, ha terminado para nosotros la vergüenza de andar enterrando a perros, gatos y canarios domésticos, Y papagayos, dijo una voz desde el fondo, Y papagayos, asintió el presidente, Y pececitos tropicales, recordó otra voz, Eso fue sólo después de la polémica que levantó el espíritu que paira sobre el agua del acuario, corrigió el secretario de la mesa, a partir de ahora se los darán a los gatos, por aquello de lavoisier, cuando dijo que en la naturaleza nada se cría y nada se pierde, todo se transforma. No se llegó a saber a qué extremos podrían llegar los alardes de almanaque de las funerarias allí reunidas porque uno de sus representantes, preocupado con el tiempo, veintidós horas y cuarenta y cinco minutos en su reloj, levantó el brazo para proponer que se telefonease a la asociación de carpinteros para preguntarles cómo estaban de ataúdes, Necesitamos saber con qué podremos contar a partir de mañana, concluyó. Como era de esperar, la propuesta fue calurosamente acogida, pero el presidente, disimulando mal el despecho porque la idea no fue suya, observó, Lo más seguro es que no haya nadie en los carpinteros a estas horas, Permítame que lo dude, señor presidente, las mismas razones que nos han reunido aquí habrán hecho que ellos se reúnan. Acertaba de lleno el proponente. De la corporación de los carpinteros respondieron que habían alertado a los respectivos asociados nada más oír la lectura de la carta de la muerte, llamando la atención para la conveniencia de restablecer en el plazo más corto posible la fabricación de cajería fúnebre, y que, de acuerdo con las informaciones que estaban recibiendo continuamente, no sólo muchas empresas habían convocado a sus trabajadores, sino que también se encontraban ya en plena elaboración la mayor parte de ellas. Va contra el horario de trabajo, dijo el portavoz de la corporación, pero, considerando que se trata de una situación de emergencia nacional, nuestros abogados tienen la seguridad de que el gobierno no tendrá otro remedio que cerrar los ojos y que además nos lo agradecerá, lo que no podremos garantizar, en esta primera fase, es que los ataúdes que ofrezcamos tengan la misma calidad de acabado a que teníamos acostumbrados a nuestros clientes, los pulimentos, los barnices y los crucifijos exteriores tendrán que quedarse para la fase siguiente, cuando la presión de los entierros comience a disminuir, de todos modos somos conscientes de la responsabilidad de ser una pieza fundamental en este proceso. Se oyeron nuevos y todavía más calurosos aplausos en la reunión de los representantes de las funerarias, ahora sí, ahora había un motivo para felicitarse mutuamente, ningún cuerpo quedaría sin entierro, ninguna factura sin cobrar. Y los sepultureros, preguntó el de la propuesta, Los sepultureros harán lo que se les mande, respondió irritado el presidente. No era así exactamente. Por otra llamada telefónica se supo que los sepultureros exigían un aumento sustancial del salario y el pago por triplicado de las horas extraordinarias. Eso es cosa de los ayuntamientos, que se las arreglen como puedan, dijo el presidente. Y si llegamos al cementerio y no hay nadie para abrir sepulturas, preguntó el secretario. La discusión prosiguió encendida. A las veintitrés horas y cincuenta minutos el presidente tuvo un infarto de miocardio. Murió con la última campanada de la medianoche.

Mucho más que una hecatombe. Durante siete meses, que fueron tantos los que duró la tregua unilateral de la muerte, se fueron acumulando en una nunca vista lista de espera más de sesenta mil moribundos, para ser exactos sesenta y dos mil quinientos ochenta, que descansaron en paz por obra de un instante único, de un segundo de tiempo cargado de una potencia mortífera que exclusivamente encontraría comparación en ciertas reprobables acciones humanas. A propósito, no nos resistiremos a recordar que la muerte, por sí misma, sola, sin ninguna ayuda exterior, siempre ha matado mucho menos que el hombre. Tal vez algún espíritu curioso se esté preguntando cómo hemos conseguido obtener la precisa cantidad de sesenta y dos mil quinientas ochenta personas que cerraron los ojos al mismo tiempo y para siempre. Fue muy fácil. Sabiéndose que el país donde todo esto pasa tiene alrededor de diez millones de habitantes y que la tasa de mortalidades es más o menos de diez por mil, dos simples operaciones de aritmética, de las más elementales, la multiplicación y la división, a la par de una cuidadosa ponderación de las proporciones intermedias mensuales y anuales, nos han permitido obtener, cifra arriba o cifra abajo, una estrecha horquilla numérica en la que la cantidad indicada se presenta como media razonable, y si decimos razonable es porque también hubiéramos podido adoptar los números colaterales de sesenta y dos mil quinientas setenta y nueve o de sesenta y dos mil quinientas ochenta y una personas si la muerte del presidente de la corporación de funerarias, por inesperada y a última hora, no hubiera introducido en nuestros cálculos un factor de perturbación. De todos modos, confiamos en que la verificación de los óbitos, iniciada en las primeras horas del día siguiente, confirme la exactitud de las cuentas hechas. Otro espíritu curioso, de los que siempre interrumpen al narrador, se preguntará cómo podían saber los médicos a qué direcciones deberían acudir para ejecutar una obligación sin cuyo cumplimiento un muerto no está legalmente muerto, aunque sea indiscutible que muerto está. En ciertos casos, excusado sería decirlo, fueron las propias familias del difunto las que llamaron a su médico asistente o de cabecera, pero ese recurso forzosamente tendría un alcance muy reducido, dado que lo que se pretendía era oficializar en tiempo récord una situación anómala, para que no se confirmara, una vez más, el dicho que asevera que una desgracia nunca viene sola, lo que, aplicado a la situación, significaría que tras la muerte súbita, putridez en casa. Fue entonces cuando se demostró que no es por casualidad por lo que un primer ministro llega a tan altas funciones, y que, como no se ha cansado de afirmar la infalible sabiduría de las naciones, cada pueblo tiene el gobierno que se merece, debiendo con todo observarse, en este particular, y para completa clarificación del asunto, que si es verdad que los primeros ministros, para bien o para mal, no son todos iguales, tampoco es menos verdad que los pueblos no son siempre lo mismo. En una palabra, tanto en un caso como en otro, depende. O es según, si se prefiere decirlo en dos palabras. Como se verá, cualquier observador, incluso uno no especialmente propenso a la imparcialidad de los juicios, no tendría la menor duda en reconocer que el gobierno supo estar a la altura de la gravedad de la situación. Todos recordaremos que en la alegría de aquellos primeros y deliciosos días de inmortalidad, al final tan breves, a que este pueblo inocentemente se entregó, una señora, viuda de poco tiempo, tuvo la ocurrencia de celebrar esa felicidad nueva colgando del florido balcón de su comedor, ese que daba a la calle principal, la bandera nacional. También recordaremos cómo el abanderamiento, en menos de cuarenta y ocho horas, como un reguero de pólvora, como una nueva epidemia, se extendió por todo el país. Pasados estos siete meses de continuas y mal sufridas desilusiones, pocas banderas habían sobrevivido, e, incluso ésas, reducidas a melancólicos harapos, con los colores comidos por el sol y deslucidos por la lluvia, además de lamentablemente descompuesta la arquitectura del emblema. Dando prueba de un admirable espíritu previsor, el gobierno, entre otras medidas de urgencia destinadas a suavizar los daños colaterales del inopinado regreso de la muerte, recuperó la bandera de la patria como indicativo de que allí, en aquel piso tercero izquierda, había un muerto a la espera. Así industriadas, las familias que habían sido heridas por la odiosa parca mandaron a la tienda a uno de los suyos para comprar el símbolo, lo colocaron en la ventana y, mientras apartaban las moscas de la cara del fallecido, se pusieron a esperar al médico que vendría a certificar el óbito. Reconózcase que la idea, además de eficaz, era de la más extrema elegancia. Los médicos de cada ciudad, villa, aldea o simple lugar, en coche, a bicicleta o a pie, sólo tenían que recorrer las calles con el ojo atento a la bandera, subir a la casa señalada y, habiendo comprobado la defunción a vista desarmada, sin ayuda de instrumentos, porque otros exámenes del cuerpo más profundos eran imposibles debido a la urgencia, dejaban un papel firmado con que tranquilizar a las funerarias acerca de la naturaleza específica de la materia prima, es decir, que si a esta enlutada casa venían en busca de liebre, no sería gato lo que se llevarían. Como ya se habrá percibido, la buena ocurrencia de utilizar la bandera nacional tiene una doble finalidad y una doble ventaja. Habiéndole servido de guía a los médicos, ahora iba a ser farol para los empaquetadores del difunto. En el caso de las ciudades mayores y sobre todo en la capital, metrópolis desproporcionada en relación al pequeño tamaño del país, la división del espacio

144

urbano en cantones, para establecer las cuotas proporcionales de participación en la tarta, como con fino espíritu dijo el desafortunado presidente de la asociación de funerarias, facilitó enormemente la tarea de los portadores de carga humana en su carrera contra el tiempo. Otro efecto subsecuente de la bandera, no previsto, no esperado, pero que demostró hasta qué punto podemos estar equivocados cuando nos dedicamos a cultivar el escepticismo de tipo sistemático, fue el virtuoso gesto de unos cuantos ciudadanos respetuosos de las más arraigadas tradiciones de esmerada conducta social y que todavía usaban sombrero, de descubrirse al pasar ante las engalanadas ventanas, dejando en el aire la duda admirable de si lo hacían por el fallecido o por el símbolo vivo y sagrado de la patria.

Los periódicos, no es necesario decirlo, fueron muy solicitados, más todavía que cuando apareció la noticia de que se había dejado de morir. Claro que un gran número de personas habían sido informadas por la televisión del cataclismo que se les venía encima, muchas de ellas incluso tenían parientes muertos en casa a la espera del médico y banderas llorando en el balcón, pero es fácil de comprender que existe cierta diferencia entre la imagen nerviosa de un director general hablando ayer noche en la pequeña pantalla y estas páginas convulsas, agitadas, manchadas de titulares exclamativos y apocalípticos que se pueden doblar, guardar en el bolsillo y llevar a casa para leer con toda atención y que, como muestra, nos contentaremos con respigar aquí unos cuantos pero expresivos ejemplos, Tras el paraíso, el infierno, La muerte dirige el baile, Inmortales por poco tiempo, Otra vez condenados a morir, Jaque mate, Aviso previo a partir de ahora, Sin apelación y con agravantes, Un papel color violeta, Sesenta y dos mil muertos en menos de un segundo, La muerte ataca a medianoche, Nadie escapa de su destino, Salir del sueño para entrar en la pesadilla, Regreso a la normalidad, Qué hemos hecho para merecer esto, etcétera, etcétera. Todos los periódicos, sin excepción, publicaban en primera página el manuscrito de la muerte, pero uno, para hacer más fácil la lectura, reprodujo el texto en un recuadro con letra de cuerpo catorce, corrigió la puntuación y la sintaxis, concordó las declinaciones verbales, puso las mayúsculas donde faltaban, sin olvidar la firma final, que pasó de muerte a Muerte, una diferencia inapreciable para el oído, pero que provocará ese mismo día una indignada protesta de la autora de la misiva, también por escrito y en el mismo papel color violeta. Según la opinión autorizada de un gramático consultado por el periódico, la muerte, simplemente, ni siquiera dominaba los primeros rudimentos del arte de escribir. De entrada, la caligrafía, dijo, es extrañamente irregular, parece que se han reunido todos los modos conocidos, posibles y aberrantes de trazar las letras del alfabeto latino, como si cada una hubiese sido escrita por una persona diferente, pero eso todavía podría perdonarse, todavía podría ser considerado como un defecto menor ante el espectáculo de la sintaxis caótica, la ausencia de puntos finales, del no uso de paréntesis absolutamente necesarios, de la eliminación obsesiva de los puntos y aparte, de las comas a voleo y, pecado sin perdón, de la intencionada y casi diabólica abolición de la letra mayúscula, que, fíjense, llega a ser omitida en la propia firma de la carta y sustituida por la minúscula correspondiente. Una vergüenza, una provocación, seguía el gramático, y preguntaba, Si la muerte, que en el pasado tuvo el impagable privilegio de asistir a los mayores genios de la literatura, escribe de esta manera, cómo no lo harán mañana nuestros niños en caso de darle por imitar semejante monstruosidad filológica, bajo el pretexto de que, andando la muerte por aquí desde hace tanto tiempo, sabrá todo de todas las ramas del conocimiento. Y el gramático terminaba, Los disparates sintácticos que atestan la lamentable carta me inducirían a pensar que estamos ante una gigantesca y grosera mistificación de no ser por la tristísima realidad, la dolorosa evidencia de que la terrible amenaza se ha cumplido. En la tarde de ese mismo día, como ya anticipamos, llegó a la redacción del periódico una carta de la muerte exigiendo, con los términos más enérgicos, la inmediata rectificación de su nombre, Señor director, escribía, yo no soy la Muerte, soy simplemente la muerte, la Muerte es algo que ni por sombra les puede pasar por la cabeza qué es, ustedes, los seres humanos, sólo conocen, tome nota el gramático de que yo también lo sabría por ustedes, los seres humanos, sólo conocen

147

esta pequeña muerte cotidiana que soy, esta que hasta en los peores desastres es incapaz de impedir que la vida continúe, un día llegarán a saber qué es la Muerte con letra mayúscula, en ese momento, si ella, improbablemente, les diese tiempo para eso, comprenderían la diferencia real que existe entre lo relativo y lo absoluto, entre lo lleno y lo vacío, entre el ser todavía y el no ser ya, y cuando hablo de diferencia real me refiero a algo que las palabras jamás podrán expresar, relativo, absoluto, lleno, vacío, ser todavía, no ser ya, qué es esto, señor director, porque las palabras, si no lo sabe, se mueven mucho, cambian de un día a otro, son inestables como sombras, sombras ellas mismas, que tanto están como dejan de estar, pompas de jabón, caracolas que apenas dejan oír la respiración, troncos cortados, ahí le dejo la información, es gratuita, no cobro nada por ella, entre tanto preocúpese en explicarles bien a sus lectores los cómos y los porqués de la vida y de la muerte, y ya puestos, regresando al objetivo de esta carta, escrita, tal como la que fue leída en la televisión, de mi puño y letra, lo invito instantemente a cumplir las honradas disposiciones de la ley de prensa que manda rectificar en el mismo lugar y con la misma valorización gráfica el error, la omisión o el lapso cometidos, arriesgándose en este caso usted, si esta carta no es publicada en su integridad, a que yo le despache, mañana mismo, con efectos inmediatos, el aviso previo que no tengo reservado para usted hasta dentro de algunos años, no le diré cuántos para no amargarle el resto de la vida, sin otro asunto, se suscribe con la atención debida, muerte. La carta apareció puntualísima al día siguiente con rebosadas disculpas del director y también en duplicado, es decir, manuscrita y en letra de imprenta, cuerpo catorce y recuadrada. Sólo cuando el periódico salió a la calle el director se atrevió a salir del búnker en que se había encerrado con siete llaves desde el momento en que leyó la conminatoria carta. Y tan asustado estaba todavía que se negó a publicar el estudio grafológico que un importante especialista en la materia le entregó personalmente. Ya basta con los problemas que me he causado por la firma de la muerte con mayúscula, dijo, lleve su análisis a otro periódico, dividimos el mal entre las aldeas y a partir de aquí que sea lo que dios quiera, todo menos tener que sufrir otro susto como el que he pasado. El grafólogo fue a un periódico, fue a otro, y a otro, y sólo en el cuarto, a punto de perder las esperanzas, consiguió que le recibieran el fruto de las no pocas horas de laberíntico trabajo a que, con lupa diurna y nocturna, se había dedicado. El sustancioso y suculento informe comenzaba recordando que la interpretación de la escritura, en sus orígenes, era una de las ramas de la fisiognomía, siendo las otras, para información de quien no esté a la par de esta ciencia exacta, la mímica, los gestos, la pantomima y la fonognomonia, tras lo cual sacó a colación a las mayores autoridades en la compleja materia, como fueron, cada una en su tiempo y lugar, camillo baldi, johann caspar lavater, édouard auguste patrice hocquart, adolf henze, jean-hippolyte michon, william thierry preyer, cesare lombroso, jules crépieux-jamin, rudolf pophal, ludwig klages, wilhelm helmuth müller, alice enskat, robert heiss, gracias a quienes la grafología había sido reestructurada en su aspecto psicológico, demostrándose la ambivalencia de las particularidades grafológicas y la necesidad de concebir su expresión como un conjunto, dado que, una vez expuestos los datos históricos y esenciales de la cuestión, nuestro grafólogo avanzó por el campo de la definición exhaustiva de las características principales de la escritura sub judice, a saber, el tamaño, la presión, el ajuste, la disposición en el espacio, los ángulos, la puntuación, la proporción entre trazos altos y bajos de las letras, o, dicho con otras palabras, la intensidad, la forma, la inclinación, la dirección y la continuidad de los signos gráficos, y, finalmente, habiendo dejado claro el hecho de que el objetivo de su estudio no era un diagnóstico clínico, ni un análisis del carácter, ni un examen de aptitud profesional, el especialista concentró su atención en las evidentes muestras relacionadas con el foro criminológico que la escritura iba revelando a cada paso, No obstante, escribía frustrado y pesaroso, me encuentro ante una contradicción que no veo ninguna forma de solucionar, que incluso dudo que tenga resolución posible, y es que si es cierto que todos los vectores del metódico y minucioso análisis grafológico a que he procedido apuntan a que la autora del escrito es eso que se llama una serial killer, una asesina en serie, otra verdad igualmente irrefragable, igualmente resultante de mi examen y que de algún modo desbarata la tesis anterior, ha acabado imponiéndose, o sea, la verdad de que la persona que escribió esta carta está muerta. Así era, de hecho, la propia muerte no tuvo más remedio que confirmarlo, Tiene razón el señor grafólogo, fueron sus palabras después de leer la erudita demostración. Pero no se entendía cómo, si estaba muerta, y hecha toda de huesos, era capaz de matar. Y, sobre todo, que escribiera cartas. Esos misterios nunca serán aclarados.

Ocupados en explicar lo que les sucedió después de la hora fatídica a las sesenta y dos mil quinientas ochenta personas que se encontraban en estado de vida suspendida, pospusimos para momento más oportuno, que va a ser éste, las indispensables reflexiones sobre la manera como han reaccionado al cambio de situación los hogares del feliz ocaso, los hospitales, las compañías de seguros, la maphia y la iglesia, especialmente la católica, mayoritaria en el país, hasta el punto de que era creencia común que el señor jesucristo no elegiría otro lugar para nacer si tuviera que repetir, desde la a hasta la z, su primera y hasta ahora, que se sepa, única existencia terrenal. En los hogares del feliz ocaso, comenzando por ellos, los sentimientos eran los que cabía esperar. Si se tiene en cuenta que la ininterrumpida rotación de los internados, como quedó claramente explicado al principio de estos sorprendentes sucesos, era la propia condición de la prosperidad económica de la empresa, el regreso de la muerte debería ser, como fue, motivo de alegría y de renovadas esperanzas para las respectivas administraciones. Pasado el choque inicial causado por la lectura de la famosa carta en la televisión, los gerentes comenzaron inmediatamente a echarle cuentas a la vida y vieron que todas les salían redondas. No pocas botellas de champagne fueron bebidas a la medianoche para festejar el ya no esperado regreso a la normalidad, lo que, pareciendo ser el cúmulo de la indiferencia y del desprecio por la vida ajena, no era, en resumen, otra cosa que el natural alivio, el legítimo desahogo de quien, colocado ante una puerta cerrada y habiendo perdido la llave, la veía ahora abierta de par en par, despejada, con el sol al otro lado. Dirán los escrupulosos que por lo menos se debería haber evitado la ostentación ruidosa y simplona del champagne, el tapón saltando, la espuma que rebosa, y que una discreta copa de oporto o de madeira, una gota de coñac, un perfume de brandy en el café, serían festejos más que suficientes, pero nosotros, aquí, que bien sabemos con qué facilidad el espíritu deja escapar las riendas del cuerpo cuando la alegría se desmanda, aun cuando no se deba disculpar, perdonar siempre se puede. A la mañana siguiente, los responsables de la gerencia llamaron a las familias para que fuesen a buscar los cuerpos, mandaron airear los dormitorios y cambiar las sábanas, y, tras haber reunido al personal para comunicarle que, por fin, la vida continuaba, se sentaron a examinar la lista de solicitudes de ingreso y a elegir, entre los pretendientes, a aquellos que les parecieran más prometedores. Por razones no en todos los aspectos idénticas, pero de igual consideración, también la disposición anímica de los administradores hospitalarios y de la clase médica había mejorado de la noche a la mañana. Aunque, como ya se dijo antes, gran parte de los enfermos sin cura y cuya enfermedad había llegado a su extremo y último grado, si es lícito decir tal de un estado nosológico que se anunció como eterno, habían sido reencaminados para sus casas y familias, En qué mejores manos podrían estar los pobres diablos, se preguntaban hipócritamente, lo cierto es que un elevado número, sin parientes conocidos ni dinero para pagar la pensión exigida en los hogares del feliz ocaso, se amontonaban por ahí al sabor de lo que tocara, ya sea en los pasillos, como es vieja costumbre de estos establecimientos de asistencia, ayer, hoy y siempre, en trasteros y en rincones, en esconces y en desvanes, donde con frecuencia los dejaban abandonados durante varios días, sin que eso le importara a quienquiera que fuese, pues, como decían médicos y enfermeros, por muy mal que se encontraran, no se iban a morir. Ahora ya estaban muertos, sacados de allí y enterrados, el aire de los hospitales se hizo puro y cristalino, con ese inconfundible aroma de éter, yodo y creolina, como en las altas montañas, a cielo abierto. No se abrieron botellas de champagne, pero las sonrisas felices de los administradores y directores clínicos era un alivio para las almas, y, en lo que a los médicos se refiere, baste con decir que habían recuperado el histórico mirar devorador con que seguían al personal femenino de enfermería. Por tanto, en todos los sentidos de la palabra, la normalidad. En cuanto a las empresas aseguradoras, las terceras de la lista, no hay en estos momentos mucho que informar, porque todavía no acaban de ponerse de acuerdo sobre si la actual situación, a la luz de las alteraciones introducidas en las pólizas de seguros de vida a que antes hicimos referencia pormenorizada, las perjudica o beneficia. No darán un paso sin estar bien seguras de la firmeza del suelo que pisan, pero, cuando finalmente lo den, allí mismo implantarán nuevas raíces bajo la forma de contrato que consigan inventar más adecuada para sus intereses. Mientras tanto, como el futuro a dios pertenece y porque no se sabe lo que nos traerá el día de mañana, seguirán considerando muertos a todos los asegurados que alcancen la edad de ochenta años, este pájaro, por lo menos, ya lo tienen bien atrapado, sólo falta ver si mañana encuentran la manera de hacer caer dos en la red. Habrá quien adelante, sin embargo, que, aprovechando la confusión que reina en la sociedad, ahora más que nunca entre la espada y la pared, entre escila y caribdis, entre martillos y tenazas, quizá no fuese mala idea aumentar hasta los ochenta y cinco o incluso los noventa años la edad de la muerte actuarial. El razonamiento de los que defienden la alteración es transparente y claro como el agua, dicen que, alcanzadas esas edades, las personas, por lo general, además de no tener ya parientes para auxiliarles en una necesidad, o tenerlos tan mayores que da lo mismo, sufren serias rebajas en el valor de sus pensiones de jubilación como consecuencia de la inflación y de los crecientes aumentos del costo de la vida, causa de que muchísimas veces se vean forzadas a interrumpir el pago de sus primas de seguros, dándole a las compañías el mejor de los motivos para considerar nulo y sin efecto el respectivo contrato. Es una inhumanidad, objetaron algunos. Negocios son negocios, respondieron otros. Veremos cómo acaba esto.

Donde también a estas horas se está hablando mucho de negocios es en la maphia. Tal vez por haber sido excesivamente minuciosa, lo admitimos sin reserva, la descripción hecha en estas páginas de los negros túneles por donde la organización criminal penetró en la explotación funeraria, algún lector habrá podido pensar qué mísera maphia era esta que no tenía otras maneras de ganar dinero con mucho menos esfuerzo y más pingües beneficios. Las tenía, y variadas, como cualquiera de sus congéneres diseminados por las siete partes del mundo, sin embargo, habilísima en equilibrios y mutuas potenciaciones de las tácticas y de las estrategias, la maphia local no se limitaba a apostar prosaicamente por el lucro inmediato, sus objetivos eran mucho más vastos, visaban nada menos que la eternidad, o sea, implantar, con la derivación tácita de las familias para con la bondad de la eutanasia y con las bendiciones del poder político, que fingiría mirar a otro lado, el monopolio absoluto de las muertes y los entierros de los seres humanos, asumiendo en un mismo paso la responsabilidad de mantener la demografía en los niveles que en cada momento más convienen al país, abriendo o cerrando el grifo, según la imagen ya antes usada, o, empleando una expresión con más rigor técnico, controlando el fluxómetro. Si no pudiera, al menos en esta primera fase, estimular o demorar la procreación, al menos estaría en sus manos acelerar o retardar los viajes a la frontera, no a la geográfica, sino a la de siempre. En el preciso instante en que entramos en la sala, el debate se centraba en la mejor manera de reaplicar en actividades similarmente remunerativas la fuerza de trabajo que se había quedado sin ocupación con el regreso de la muerte, y, siendo cierto que no faltan sugerencias sobre la mesa, más radicales unas que otras, se acabó prefiriendo lo que ya tiene un largo historial de pruebas dadas y que no necesita dispositivos complicados, es decir, la protección. Nada más empezar el día siguiente, de norte a sur, por todo el país, las funerarias vieron entrar por la puerta casi siempre a dos hombres, a veces a un hombre y a una mujer, raramente dos mujeres, que preguntaban educadamente por el gerente, al que, después, con los mejores modos, le explicaban que su establecimiento corría el riesgo de ser asaltado o incluso destruido, con una bomba, o incendiado, por activistas de unas cuantas asociaciones ilegales de ciudadanos que exigían la inclusión del derecho a la eternidad en la declaración universal de los derechos humanos y que, ahora frustrados, pretendían desahogar su ira haciendo caer sobre inocentes empresas el pesado brazo de la venganza, sólo porque eran las encargadas de llevar los cadáveres hasta la última morada. Estamos informados, decía uno de los emisarios, de que las acciones destructivas concertadas, que podrán llegar, en caso de resistencia, hasta el asesinato del propietario y del gerente y sus familias, y en su ausencia de uno o dos empleados, comenzará mañana mismo, tal vez en este barrio, tal vez en otro, Y qué puedo hacer, preguntaba temblando el pobre hombre, Nada, usted no puede hacer nada, pero nosotros podemos defenderlo si nos lo solicita, Claro que sí, claro que lo solicito, por favor, Hay condiciones que satisfacer, Las que sean, por favor, protéjanme, La primera es que no hable de este asunto con nadie, ni siquiera con su mujer, No estoy casado, Da lo mismo, ni con su madre, ni con su abuela, ni con su tía, Mi boca no se abrirá, Mejor así, porque de lo contrario se arriesga a que se cierre para siempre, Y las otras condiciones, Una sola, pagar lo que le digamos, Pagar, Tendremos que montar los operativos de protección, y eso, querido señor, cuesta dinero, Entiendo, Podríamos defender a la humanidad entera si estuviera dispuesta a pagar el precio, pero, como después de un tiempo siempre viene otro tiempo, todavía no hemos perdido la esperanza, Me doy cuenta, Menos mal que es de percepción rápida, Cuánto deberé pagar, Está anotado en este papel, Tanto, Es lo justo, Y esto es por año, o por mes, Por semana, Es demasiado para mis recursos, con el negocio funerario uno no se enriquece fácilmente, Tiene suerte con que no le pidamos lo que, en su opinión, debe valer su vida, Es natural, no tengo otra, Y no la tendrá, por eso el consejo que le damos es que trate de protegerla, Voy a pensarlo, necesito hablar con mis socios, Tiene veinticuatro horas, ni un minuto más, a partir de ahí nos lavamos las manos, la responsabilidad será toda suya, si llega a sufrir algún accidente, casi estamos seguros de que, por ser el primero, no será mortal, en esa altura tal vez volvamos a hablar con usted, pero el precio se doblará, y entonces no tendrá otra solución que pagar lo que le pidamos, no imagina lo implacables que son esas asociaciones de ciudadanos que reivindican la eternidad, Muy bien, pago, Cuatro semanas por adelantado, por favor, Cuatro semanas, Su caso es de los urgentes, y, como ya le hemos dicho, cuesta montar los operativos de protección, En efectivo, en cheque, En efectivo, cheque sólo para transacciones de otro tipo y de otros montantes, cuando no conviene que el dinero pase directamente de una mano a otra. El gerente abrió la caja fuerte, contó los billetes y preguntó mientras los entregaba, Me dan un recibo, un documento que me garantice la protección, Ni recibo ni garantías, tendrá que contentarse con nuestra palabra de honor, De honor, Exactamente, de honor, no imagina hasta qué punto honramos nuestra palabra, Dónde podré encontrarlos si tengo algún problema, No se preocupe, nosotros lo encontraremos a usted, Los acompaño hasta la salida, No merece la pena, ya conocemos el camino, doblar a la izquierda después del almacén de ataúdes, sala de maquillaje, pasillo, recepción, la puerta de la calle enseguida se ve, No se perderán, Tenemos un sentido de la orientación muy afinado, nunca nos perdemos, por ejemplo, en la quinta semana después de ésta vendrá alguien para realizar el cobro, Cómo sabré que se trata de la persona adecuada, No tendrá ninguna duda cuando la vea, Buenas tardes, Buenas tardes, no tiene que agradecernos nada.

Finalmente, last but not least, la iglesia católica, apostólica y romana tenía muchos motivos para estar satisfecha consigo misma. Convencida desde el principio de que la abolición de la muerte sólo podría haber sido obra del diablo y de que para ayudar a dios contra las obras del demonio nada es más poderoso que la perseverancia en las preces, puso de lado la virtud de la modestia que con no pequeño esfuerzo y sacrificio ordinariamente cultivaba, para felicitarse, sin reservas, por el éxito de la campaña nacional de oraciones cuyo objetivo, recordémoslo, fue rogar al señor dios que providenciase el regreso de la muerte lo más rápidamente posible para ahorrarle a la pobre humanidad los peores horrores, fin de la cita. Las preces tardaron casi ocho meses en llegar al cielo, pero hay que pensar que sólo para llegar al planeta marte necesitamos seis, y el cielo, como es fácil de imaginar, deberá estar mucho más allá, a trece mil millones de años luz de distancia de la tierra, en números redondos. En la legítima satisfacción de la iglesia había, sin embargo, una sombra negra. Discutían los teólogos, y no se ponían de acuerdo, acerca de las razones que indujeron a dios a mandar regresar súbitamente a la muerte, sin ni siquiera dar tiempo de llevar la extremaunción a los sesenta mil moribundos que, privados de la gracia del último sacramento, habían expirado en menos que cuesta decirlo. La duda de que dios tendría autoridad sobre la muerte o, por el contrario, la muerte sería el superior jerárquico de dios, torturaba en sordina las mentes y los corazones del santo instituto, donde aquella osada afirmación de que dios y la muerte eran las dos caras de la misma moneda fue considerada, más que una herejía, abominable sacrilegio. Esto era lo que se vivía por dentro. A los ojos del mundo lo que le preocupaba realmente a la iglesia era su participación en el funeral de la reina madre. Ahora que los sesenta y dos mil muertos comunes ya descansaban en sus últimas moradas y no entorpecían el tráfico de la ciudad, llegaba la hora de llevar a la veneranda señora, convenientemente encerrada en su ataúd de plomo, al panteón real. Como los periódicos no se olvidaron de escribir, se pasaba una página de la historia.

Es posible que sólo una educación esmerada, de esas que ya son raras, a la vez, quizá, que el respeto más o menos supersticioso que en las almas timoratas suele infundir la palabra escrita, haya llevado a los lectores, aunque motivos no les falten para manifestar explícitas señales de mal contenida impaciencia, a no interrumpir lo que tan profusamente venimos relatando y querer que se les diga qué estuvo haciendo la muerte desde la noche fatal en que anunció su regreso. Dado el importante papel que desempeñaron en estos antes nunca vistos sucesos, bien está que explicáramos con abundancia de pormenores cómo respondieron al súbito y dramático cambio de situación los hogares del feliz ocaso, los hospitales, las compañías de seguros, la maphia y la iglesia católica, sin embargo,   a no ser que la muerte, teniendo en cuenta la enorme cantidad de difuntos que era necesario enterrar en las horas inmediatas, hubiera decidido, en un inesperado y loable gesto de simpatía, prolongar su ausencia durante algunos días más a fin de dar tiempo a que la vida girara en sus antiguos ejes,   otra gente fallecida de fresca data, es decir, en los primeros días de la res-

161

tauración del régimen, a la fuerza tendría que juntarse a los infelices que durante meses habían malvivido entre aquí y allí, y de esos nuevos muertos, como impone la lógica, deberíamos tener que hablar. Pero no sucedió tal, la muerte no fue tan generosa. El motivo de la pausa de ocho días, en la que nadie murió y que empezó creando la falaz ilusión de que nada había cambiado, resultaba simplemente de las actuales pautas de relación entre la muerte y los mortales, o sea, que todos recibirían aviso de antemano de que aún disponían de una semana de vida hasta el vencimiento de la libranza, por decirlo de alguna manera, para resolver sus asuntos, hacer testamento, pagar los impuestos atrasados y despedirse de la familia y de los amigos más cercanos. En teoría parecía una buena idea, pero la práctica no tardaría en demostrar que no lo era tanto. Figúrense una persona, de esas que gozan de espléndida salud, de esas que nunca han tenido un dolor de cabeza, optimistas por principio y por claras y objetivas razones, y que, una mañana, al salir de casa para el trabajo, encuentra en la calle al diligente cartero de su zona, que le dice, Menos mal que lo veo, señor fulano, traigo una carta para usted, e inmediatamente ve aparecer en sus manos un sobre de color violeta al que en principio tal vez no le diera especial atención, ya que podría tratarse de una impertinencia más de los señores de la publicidad directa, de no ser por la extraña caligrafía con que su nombre está escrito, igualita a la del famoso fax publicado en el periódico. Si el corazón le da un salto del susto, si lo invade el presentimiento lúgubre de una desgracia sin remedio, y quiere, por eso, negarse a recibir la carta, no lo conseguirá, será entonces como si alguien, sujetándolo suavemente por el codo, lo estuviera ayudando a bajar el escalón, a evitar la piel del plátano en el suelo, a doblar la esquina sin tropezar con los propios pies. Tampoco merece la pena romperla en pedazos, ya se sabe que las cartas de la muerte son por definición indestructibles, ni un soplete de acetileno funcionando a máxima potencia sería capaz de entrar en ellas, y el ardid ingenuo de fingir que se le cae de la mano sería igualmente inútil porque la carta no se deja soltar, queda como pegada a los dedos, y si, por un milagro, lo contrario pudiera suceder, de más es sabido que aparecería enseguida un ciudadano de buena voluntad para recogerla y correr tras el falso distraído diciéndole, Creo que esta carta le pertenece, tal vez sea importante, y él debería responder melancólicamente, Sí, es importante, muchas gracias por su atención. Aunque esto sólo podía haber sucedido al principio, cuando todavía pocos sabían que la muerte estaba utilizando el servicio postal público como mensajero de sus fúnebres situaciones. En pocos días, el color violeta se iba a convertir en el más execrable de todos los colores, más todavía que el negro, pese a que éste signifique luto, lo que es fácilmente comprensible si pensamos que el luto se lo ponen los vivos y no los muertos, incluso cuando a éstos los entierren vestidos de traje negro. Imagínense la perturbación, el desconcierto, la perplejidad de quien iba a su trabajo y ve de repente cómo le salta la muerte en la figura de un cartero que nunca llamará dos veces, éste tiene suficiente, si la casualidad no lo lleva a encontrarse con el destinatario en la calle, con introducir la carta en el buzón del inquilino en cuestión o pasarla, deslizándola, por debajo de la puerta. El hombre está allí inmóvil, en medio de la acera, con su estupenda salud, su sólida cabeza, tan sólida que ni siquiera ahora le duele a pesar del terrible choque, de repente el mundo ha dejado de pertenecerle o él de pertenecer al mundo, pasaron a estar prestados el uno al otro durante ocho días, nada más que ocho días, lo dice esta carta color violeta que resignadamente acaba de abrir, los ojos nublados de lágrimas, apenas consigue descifrar lo que está escrito, Querido señor, lamento comunicarle que su vida acabará en el plazo irrevocable e improrrogable de una semana, aproveche lo mejor que pueda el tiempo que le queda, su atenta servidora, muerte. La firma viene con inicial minúscula, lo que, como sabemos, representa, de alguna forma, su certificado de origen. Duda el hombre, señor fulano le llamó el cartero, luego es de sexo masculino, y más tarde lo confirmamos nosotros, duda el hombre si deberá regresar a casa y desahogar con la familia la irremediable pena, o si, por el contrario, tendrá que tragarse las lágrimas y proseguir su camino, ir hasta donde el trabajo lo espera, cumplir todos los días que le restan, entonces podrá preguntar, Muerte, dónde está tu victoria, sabiendo no obstante que no recibirá respuesta, porque la muerte nunca responde, y no es porque no quiera, es sólo porque no sabe lo que ha de decir delante del mayor dolor humano.

Este episodio de calle, únicamente posible en un país pequeño donde todo el mundo se conoce, es de sobra elocuente acerca de los inconvenientes del sistema de comunicación instituido por la muerte para la rescisión del contrato temporal al que llamamos vida o existencia. Podría tratarse de una sádica manifestación de crueldad, como tantas que vemos todos los días, pero la muerte no tiene ninguna necesidad de ser cruel, para ella, con quitarle la vida a las personas basta y sobra. No pensó, es lo que es. Y ahora, absorbida como está en la reorganización de sus servicios de apoyo, tras la larga parada de siete meses, no tiene ojos ni oídos para los clamores de desesperación y angustia de los hombres y de las mujeres que, uno a uno, van siendo avisados de su muerte próxima, desesperación y angustia que, en algunos casos, están causando efectos precisamente contrarios a los que habían sido previstos, es decir, las personas condenadas a desaparecer no resuelven sus asuntos, no hacen testamento, no pagan los impuestos que adeudan, y, en cuanto a las despedidas de la familia y de los amigos más cercanos, las dejan para el último minuto, lo que, como es evidente, no alcanza ni para el más melancólico de los adioses. Poco informados acerca de la naturaleza profunda de la muerte, cuyo otro nombre es fatalidad, los periódicos se han excedido en furiosos ataques contra ella, acusándola de inclemente, cruel, tirana, malvada, sanguinaria, vampira, emperatriz del mal, drácula con falda, enemiga del género humano, desleal, asesina, traidora, serial killer otra vez, y hasta hubo un semanario, de los de humor, que, exprimiendo todo lo que pudo el espíritu sarcástico de sus creativos, consiguió llamarla hija de puta. Felizmente, el sentido común todavía perdura en algunas redacciones. Uno de los periódicos más respetables del reino, decano de la prensa nacional, publicó un sesudo editorial en el que se apelaba a un diálogo abierto y sincero con la muerte, sin reservas mentales, con el corazón en la mano y el espíritu fraterno, en caso, como era obvio, de conseguir descubrir dónde se alojaba, su madriguera, su cubil, su cuartel general. Otro periódico sugirió a las autoridades policiales que investigaran en las papelerías y fábricas de papel, porque los consumidores humanos de sobres color violeta, si los hubiera, y serían poquísimos, habrían mudado de gusto epistolar en vista de los acontecimientos recientes, siendo por tanto facilísimo cazar a la macabra cliente cuando se presentara a renovar la provisión. Otro periódico, rival acérrimo de este último, se apresuró a clasificar la idea de crasa estupidez, dado que sólo a un idiota rematado se le podría ocurrir que la muerte, un esqueleto envuelto en una sábana, como todo el mundo sabe, saldría por su propio pie, repiqueteando los calcáneos en las piedras de la calle, para ir al correo a echar cartas. No queriéndose quedar detrás de la prensa, la televisión aconsejó al ministro del interior que pusiera agentes de guardia en los buzones o cajas postales, olvidándose, por lo visto, de que la primera carta, la que les fue dirigida, apareció en el despacho del director general estando cerrada la puerta con dos vueltas de llave y las ventanas con los cristales intactos. Tal como el suelo, las paredes y el techo no presentaban ni una simple fenda por donde pudiera caber una hoja de afeitar. Tal vez fuese realmente posible convencer a la muerte de que tratara con más compasión a los infelices condenados, pero para eso era necesario empezar por encontrarla y nadie sabía cómo ni dónde.

Fue entonces cuando a un médico forense, persona bien informada sobre todo cuanto, de manera directa o indirecta, tuviera que ver con su profesión, se le ocurrió la idea de mandar que viniera del extranjero un famoso especialista en reconstrucción de rostros a partir de calaveras, para que el dicho especialista, partiendo de representaciones de la muerte en pinturas y grabados antiguos, en especial las que muestran el cráneo descubierto, tratara de restituir la carne donde hacía falta, reajustara los ojos en las órbitas, distribuyera en adecuadas proporciones cabello, pestañas y cejas, difundiera por la cara los colores apropiados, hasta que ante él surgiera la cabeza perfecta y acabada de la que se harían mil copias fotográficas que otros tantos investigadores portarían en la cartera para compararlas con cuantas caras de mujer se encontraran de frente. Lo malo fue que, acabada la intervención del especialista extranjero, sólo una visión poco entrenada admitiría como iguales las tres calaveras elegidas, obligando por tanto a que los investigadores, en lugar de una fotografía, tuvieran que trabajar con tres, lo que, obviamente, dificultaría la tarea de cazar a la muerte, como, ambiciosamente, la operación fue denominada. Una única cosa quedó demostrada sin ningún tipo de dudas, a saber, que ni la iconografía más rudimentaria, ni la nomenclatura más enrevesada, ni la simbólica más oscura se habían equivocado. La muerte, en todos sus trazos, atributos y características, era, inconfundiblemente, una mujer. A esta misma conclusión, como seguro que recordarán, ya había llegado el eminente grafólogo que estudió el primer manuscrito de la muerte cuando se refería a una autora, no a un autor, pero eso tal vez haya sido la consecuencia del simple hábito, dado que, excepto algunos idiomas, pocos, en que, no se sabe por qué, se prefirió optar por el género masculino o neutro, la muerte siempre ha sido una persona de sexo femenino. Aunque esta información ya se hubiera dado antes, conviene, para que no se olvide, insistir en el hecho de que los tres rostros, siendo todos de mujer, y de mujer joven, eran diferentes unos de otros en determinados puntos, pese a las también flagrantes similitudes que en ellos unánimemente se reconocían. Porque, no siendo creíble la existencia de tres muertes distintas, por ejemplo, trabajando por turnos, dos de ellas tendrían que ser excluidas, aunque también podría suceder, para complicar más aún la situación, que el modelo esquelético de la verdadera y real muerte no correspondiera con ninguno de los tres que fueron seleccionados. De acuerdo con la frase hecha, iba a ser lo mismo que disparar un tiro en la oscuridad y confiar en que la benévola casualidad tuviera tiempo de colocar el objetivo en la trayectoria de la bala.

Se inició la investigación, como no podría ser de otra manera, en los archivos del servicio oficial de investigación donde se reunían, clasificadas y ordenadas por características básicas, dolicocéfalos de un lado, braquicéfalos al otro, las fotografías de todos los habitantes del país, tanto naturales como foráneos. Los resultados fueron decepcionantes. Claro está que, en principio, siendo los modelos elegidos para la reconstitución facial, tal como antes referimos, obtenidos de grabados y pinturas antiguas, no se esperaba encontrar la imagen humana de la muerte en sistemas de identificación modernos, hace poco más de un siglo instituidos, pero, por otro lado, considerando que la misma muerte existe desde siempre y no se vislumbra ningún motivo para que necesite cambiar de cara a lo largo de los tiempos, sin olvidar que debería serle difícil realizar su trabajo de modo cabal y al abrigo de sospechas si viviese en clandestinidad, es perfectamente lógico admitir la hipótesis de que se hubiera inscrito en el registro civil bajo un nombre falso, puesto que, como es más que sabido, para la muerte nada es imposible. Fuese como fuese, lo cierto es que, pese a que los investigadores recurrieran a los talentos de las artes informáticas cruzando datos, ninguna fotografía de una mujer concretamente identificada coincidió con cualquiera de las tres imágenes virtuales de la muerte. No hubo pues otro remedio, que ya había sido previsto para caso de necesidad, que regresar a los métodos de investigación clásica, a la artesanía policial de cortar y coser, difundiendo por todo el país a los mil agentes de autoridad que, de casa en casa, de tienda en tienda, de oficina en oficina, de fábrica en fábrica, de restaurante en restaurante, de bar en bar, y hasta incluso en lugares reservados para el ejercicio oneroso del sexo, pasarían revista a todas las mujeres, excluyendo a las adolescentes y las de edad madura o provecta, pues las tres fotografías que llevaban en el bolsillo no dejaban dudas de que la muerte, de llegar a ser encontrada, sería una mujer de alrededor de los treinta y seis años de edad y hermosa como pocas. De acuerdo con el patrón obtenido, cualquiera podía ser la muerte, sin embargo, ninguna lo era en realidad. Después de ingentes esfuerzos, de patearse leguas y leguas por calles, carreteras y caminos, después de subir escaleras que todas juntas los llevarían hasta el cielo, los agentes lograron identificar a dos de esas mujeres, que si en algo diferían de los retratos existentes en los archivos era porque se beneficiaron con intervenciones de la cirugía estética que, por asombrosa coincidencia, por una extraña casualidad, habían acentuado las semejanzas de sus rostros con los rostros de los modelos reconstituidos. No obstante, un examen minucioso de las respectivas biografías eliminó, sin margen de error, cualquier posibilidad de que algún día se hubieran dedicado, ni siquiera en sus horas libres, a las mortíferas actividades de la parca, ni como profesionales, ni como simples aficionadas. En cuanto a la tercera mujer, identificada gracias al álbum de fotografías de la familia, ésa, murió el año pasado. Por simple exclusión de partes, no podría ser la muerte quien de ella precisamente había sido víctima. Y no parece necesario decir que mientras las investigaciones transcurrieron, y duraron algunas semanas, los sobres de color violeta siguieron llegando a casa de sus destinatarios. Era evidente que la muerte no se apeaba de su compromiso con la humanidad.

Naturalmente habría que preguntar si el gobierno se estaba limitando a asistir impávido al drama cotidiano vivido por los diez millones de habitantes del país. La respuesta es doble, afirmativa por un lado, negativa por otro. Afirmativa, aunque sólo en términos bastante relativos, porque morir es, a fin de cuentas, lo que de más normal y corriente hay en la vida, asunto de pura rutina, episodio de la interminable herencia de padres a hijos, por lo menos desde adán y eva, y muy mal harían los gobiernos de todo el mundo para con la precaria tranquilidad pública si declararan tres días de luto nacional cada vez que muere un mísero viejo en el asilo de indigentes. Y es negativa porque no se puede, incluso teniendo un corazón de piedra, permanecer indiferente ante la demostración palpable de que la semana de espera establecida por la muerte había tomado proporciones de verdadera calamidad colectiva, no sólo para la media de trescientas personas a cuya puerta la triste suerte llamaba diariamente, sino también para el resto de la gente, nada más y nada menos que nueve millones novecientas noventa y nueve mil setecientas personas de todas las edades, fortunas y condiciones que veían todas las mañanas, al despertar de una noche atormentada por las más horribles pesadillas, la espada de damocles suspendida por un hilo sobre sus cabezas. En cuanto a los trescientos habitantes que han recibido la fatídica carta de color violeta, las maneras de reaccionar a la implacable sentencia variaban, como es lógico, según el carácter de cada uno. Aparte de esas personas, ya antes mencionadas, que, impelidas por una idea distorsionada de venganza a la que con justa razón se le podría aplicar el neologismo de prepóstuma, decidieron faltar al cumplimiento de sus deberes cívicos y familiares, no haciendo testamento ni pagando los impuestos atrasados, hubo otras muchas que, poniendo en práctica una interpretación más que viciosa del carpe diem horaciano, malbarataron el poco tiempo de vida que todavía les quedaba entregándose a reprensibles orgías de sexo, droga y alcohol, tal vez pensando que, incurriendo en tan desmedidos excesos, podrían atraer sobre sus cabezas un colapso fulminante o, a falta de eso, un rayo divino que, matándolas allí mismo, las librara de las garras de la muerte propiamente dicha, jugándole una mala partida que tal vez le sirviera de enmienda. Otras personas, estoicas, dignas, valerosas, optaban por la radicalidad absoluta del suicidio, creyendo también que de esa manera estaban dándole una lección de civilidad al poder de tánatos, eso a que antiguamente llamábamos una bofetada sin manos, de las que, de acuerdo con las honestas convicciones de la época, eran más dolorosas porque tenían su origen en el foro ético y moral y no en algún movimiento de primario esfuerzo físico. Tenemos que decir que todas estas tentativas se malograron, a excepción de algunas personas obstinadas que reservaron su suicidio para el último día del plazo. Una jugada maestra, ésta sí, para la que la muerte no encontró respuesta.

Honra le sea dada, la primera institución en tener una percepción muy clara de la gravedad de la situación anímica del pueblo en general fue la iglesia católica, apostólica y romana, a la que, puesto que vivimos en un tiempo dominado por la hipertrofiada utilización de siglas en la comunicación cotidiana, tanto privada como pública, no le quedaría mal la abreviatura simplificadora de icar. También es verdad que sería necesario estar ciega del todo para no ver cómo, casi de un momento a otro, se le llenaban los templos de gente angustiada que iba en busca de una palabra de esperanza, de un consuelo, de un bálsamo, de un analgésico, de un tranquilizante espiritual. Personas que hasta entonces vivían conscientes de que la muerte es cierta y que de ella no hay forma de escapar, pero que al mismo tiempo pensaban que, habiendo tanta gente para

173

morir, ya sería mala suerte que les tocara, ahora se pasan el tiempo espiando tras la cortina de la ventana para ver si viene el cartero o temblando al volver a casa, donde la temible carta color violeta, peor que un sanguinario monstruo de fauces abiertas, podría estar esperando para saltarle encima. En las iglesias no se paraba ni un momento, las largas filas de pecadores contritos, constantemente refrescadas como si fueran cadenas de montaje, daban dos vueltas a la nave central. Los confesores de guardia no bajaban los brazos, a veces distraídos por la fatiga, otras veces con la atención de súbito despierta por un pormenor escandaloso del relato, cuando acababan imponían una penitencia pro forma, tantos padrenuestros, tantas avemarías, y despachaban una apresurada absolución. En el breve intervalo entre el confesado que se retiraba y el penitente que se arrodillaba, le daban un bocado al sándwich de pollo que sería todo su almuerzo, mientras imaginaban compensaciones para cenar. Los sermones versaban invariablemente sobre el tema de la muerte como única puerta al paraíso celeste, donde, se decía, nunca ha entrado nadie que esté vivo, y los predicadores, en su afán consolador, no dudaban en recurrir a los métodos de la más alta retórica y a los trucos de la más baja catequesis para convencer a los aterrados feligreses de que, a fin de cuentas, se podían considerar más afortunados que sus ancestros, puesto que la muerte les había concedido tiempo suficiente para preparar las almas para la ascensión al edén. Algunos curas hubo, sin embargo, que, dentro de la maloliente penumbra del confesionario, tuvieron que hacer de tripas corazón, dios sabe con qué costo, porque también ellos esa mañana habían recibido el sobre color violeta y por eso tenían razones de sobra para dudar de las virtudes lenitivas de lo que en aquel momento estaban diciendo.

Lo mismo les pasaba a los terapeutas de la mente que el ministerio de la salud, corriendo para imitar las disposiciones terapéuticas de la iglesia, envió para auxilio de los más desesperados. Y no fueron pocas las veces que un psicólogo, en el preciso momento en que aconsejaba al paciente que dejara salir las lágrimas como mejor remedio de aliviar el dolor que le atormentaba, rompía en convulsivo llanto pensando que también él podría ser el destinatario de un sobre idéntico en la primera entrega postal de mañana. Acababan los dos la sesión en un lloro sin freno, abrazados por la misma desgracia, pero pensando el terapeuta de la mente que si le sucediera tal infortunio, todavía tendría ocho días, ciento noventa y dos horas para vivir. Unas orgías de sexo, droga y alcohol, como había oído decir que se organizaban, lo ayudarían a pasar al otro mundo, aunque corras el riesgo de que, lá no assento etéreo onde subiste, se venga a agravar la nostalgia de éste.

Se dice, lo dice la sabiduría de las naciones, que no hay reglas sin excepción, y realmente así deberá ser, porque incluso en el caso de las reglas que todos consideraríamos máximamente inexpugnables como son, por ejemplo, las de muerte soberana, en que, por simple definición del concepto, sería inadmisible que se pudiera presentar cualquier absurda excepción, aconteció que una carta de color violeta fue devuelta al remitente. Se podrá objetar que semejante cosa no es posible, que la muerte, precisamente por estar en todas partes, no puede estar en alguna en particular, de donde resulta, por tanto, en este caso, la imposibilidad, tanto material como metafísica, de situar y definir lo que solemos entender como procedencia, o sea, en la acepción que aquí nos interesa, significa el lugar de donde vino. Igualmente se objetará, aunque con menos pretensión especulativa, que, habiendo estado mil agentes de la policía buscando a la muerte durante semanas, pasando el país entero, casa por casa, con peine fino, como si de un piojo esquivo y hábil en sortear obstáculos se tratara, y no habiéndola visto ni olido, es obvio que si hasta el momento en que nos encontramos no nos ha sido dada ninguna explicación de cómo las cartas llegan al correo, menos aún se nos dirá por qué misteriosos canales ahora le ha llegado a las manos la carta devuelta. Reconocemos humildemente que han faltado explicaciones, éstas y con certeza muchas más, confesamos que no estamos en condiciones de darlas a gusto de quien las requiere, salvo si, abusando de la credibilidad del lector, y saltando sobre el respeto que se debe a la lógica de los sucesos, uniésemos nuevas irrealidades a la congénita irrealidad de la fábula, comprendemos sin costo que tales faltas perjudican seriamente su credibilidad, aunque nada de esto significa, repetimos, nada de esto significa que la carta color violeta a que nos referimos no haya sido efectivamente devuelta al remitente. Hechos son hechos, y éste, tanto si se quiere como si no, pertenece a la clase de los irrebatibles. No puede haber mejor prueba de lo que se dice que la imagen de la propia muerte que tenemos delante de los ojos, sentada en una silla y envuelta en su sábana, y un aire de total desconcierto en la orografía de su ósea cara. Mira recelosa el sobre violeta, le da vueltas para ver si en él encuentra alguna de las anotaciones que los carteros suelen escribir en casos semejantes, como no aceptado, cambió de dirección, ausente en lugar desconocido y por tiempo indeterminado, fallecido, Qué estupidez la mía, murmuró, cómo podría haber fallecido si la carta que lo tenía que matar volvió atrás. Había pensado las últimas palabras sin darle atención, pero inmediatamente las recuperó para repetirlas en voz alta, con expresión soñadora, Volvió atrás. No es necesario ser cartero para saber que volver atrás no es lo mismo que ser devuelta, que volver atrás puede decir únicamente que la carta violeta no llegó a su destino, que en un punto cualquiera del recorrido pasó algo que la hizo desandar el camino, volver hacia el lugar de donde había venido. Ahora bien, las cartas sólo pueden ir a donde las llevan, no tienen piernas ni alas, y, por lo que se sabe, no están dotadas de iniciativa propia, si la tuvieran apostamos que se negarían a llevar las noticias terribles de que tantas veces tienen que ser portadoras. Como esta mía, admitió la muerte con imparcialidad, informar a alguien de que va a morir en una fecha precisa es la peor de las noticias, es como estar en el corredor de la muerte desde hace una cantidad de años y de repente viene el carcelero y dice, Aquí tienes la carta, prepárate. Lo curioso del asunto es que todas las demás cartas de la última expedición fueron entregadas a sus destinatarios, y si ésta no lo fue, habrá sido por cualquier fortuita casualidad, pues así como han existido casos de que una misiva de amor tardara, sólo dios sabe con qué consecuencias, cinco años en llegar a un destinatario que residía a dos manzanas de distancia, menos de un cuarto de hora andando, también podría suceder que ésta hubiera pasado de una cinta transportadora a otra sin que nadie se diera cuenta y luego regresara al punto de partida como quien, habiéndose perdido en el desierto, no tiene nada más en que confiar que el rastro que dejó tras de sí. La solución será mandarla otra vez, le dijo la muerte a la guadaña que tenía al lado, apoyada en la pared blanca. No se espera que una guadaña responda, y ésta no rehuyó la norma. La muerte prosiguió, Si te hubiera mandado a ti, con ese tu gusto por los métodos expeditivos, la cuestión ya estaría resulta, pero los tiempos han cambiado mucho últimamente, hay que actualizar los medios y los sistemas, estar al tanto de las nuevas tecnologías, por ejemplo, utilizar el correo electrónico, he oído decir que es lo más higiénico, que no deja caer borrones ni mancha los dedos, además, es rápido, en el mismo momento que la persona abre el outlook express de la microsoft ya está atrapada, el inconveniente es que me obligaría a trabajar con dos archivos separados, el de los que utilizan ordenador y el de los que no lo utilizan, de cualquier modo tenemos mucho tiempo para decidir, están apareciendo nuevos modelos, nuevos designs, tecnologías cada vez más perfectas, tal vez un día decida experimentar, pero hasta entonces, seguiré escribiendo con pluma, papel y tinta, tiene el encanto de la tradición, y la tradición pesa mucho en esto de morir. La muerte miró fijamente el sobre de color violeta, hizo un gesto con la mano derecha, y la carta desapareció. Así sabemos que, contrariamente a lo que tantos creían, la muerte no lleva las cartas al correo.

Sobre la mesa hay una lista de doscientos noventa y ocho nombres, algo menos que la media de costumbre, ciento cincuenta y dos hombres y ciento cuarenta y seis mujeres, un número igual de sobres y de hojas de papel de color violeta destinados a la próxima operación postal, o fallecimiento-por-correo. La muerte añadió a la lista el nombre de la persona a quien se dirigía la carta que regresó a la procedencia, subrayó las palabras y posó la pluma en el portaplumas. Si tuviera nervios, podríamos decir que se encuentra ligeramente excitada y no sin motivos. Había vivido demasiado para considerar la devolución de la carta como un episodio sin importancia. Es fácil de entender, con un poco de imaginación será suficiente, que el puesto de trabajo de la muerte sea, por ventura, el más monótono de todos cuantos fueron creados desde que, por exclusiva culpa de dios, caín mató a abel. Después de tan deplorable acontecimiento, nada más empezar el mundo, que vino a demostrar qué difícil es vivir en familia, y hasta nuestros días, la cosa siguió repitiéndose, siglos, siglos y más siglos, reiterativa, sin pausa, sin interrupciones, sin solución de continuidad, diferente en las múltiples formas de pasar de la vida a la no vida, pero en el fondo siempre igual a sí misma, porque igual fue también el resultado. En realidad, nunca se ha visto que no muera quien tenga que morir. Y ahora, insólitamente, un aviso firmado por la muerte, de su propio puño y letra, un aviso en que se anunciaba el irrevocable e improrrogable fin de una persona, había sido devuelto a su origen, a esta sala donde la autora y signataria de la carta, sentada, envuelta en la melancólica mortaja que es su uniforme histórico, con una capucha por la cabeza, medita lo sucedido mientras los huesos de sus dedos, o sus dedos de huesos, tamborilean sobre la encimera de la mesa. Se sorprende un poco al desear que la carta otra vez enviada le venga nuevamente devuelta, que el sobre traiga, por ejemplo, la indicación de ausente en lugar incierto, porque eso sí sería una absoluta sorpresa para quien siempre consiguió descubrir dónde nos habíamos escondido, si de esa infantil manera alguna vez juzgamos poder escapar. No cree sin embargo que la supuesta ausencia le aparezca anotada en el reverso del sobre, aquí los archivos se van actualizando automáticamente con cada gesto y movimiento que hacemos, con cada paso que damos, cambio de casa, de estado, de profesión, de hábitos y costumbres, si fumamos o no fumamos, si comemos mucho, o poco, o nada, si somos activos o indolentes, si tenemos dolor de cabeza o acidez en el estómago, si sufrimos estreñimiento o diarreas, si se nos cae el pelo o nos toca el cáncer, si sí, si no, si tal vez, bastará abrir el cajón del fichero alfabético, procurar expediente adecuado, y ahí está todo. Y no nos sorprendamos si en el preciso instante en el que estuviéramos leyendo nuestro informe personal apareciera instantemente reflejado el golpe de angustia que de súbito nos ha petrificado. La muerte lo sabe todo a nuestro respecto, y quizá por eso sea triste. Si es cierto que nunca sonríe es porque le faltan los labios, y esta lección anatómica nos dice que, al contrario de lo que los vivos creen, la sonrisa no es una cuestión de dientes. Habrá quien diga, con humor menos macabro que de mal gusto, que lleva cincelada una especie de sonrisa permanente, pero eso no es verdad, lo que salta a la vista es una mueca de sufrimiento, porque el recuerdo del tiempo en que tenía boca, y la boca lengua, y la lengua saliva, le persigue continuamente. Con un breve suspiro se acercó una hoja de papel y comenzó a escribir la primera carta de este día, Querida señora, lamento comunicar que su vida terminará en el plazo irrevocable e improrrogable de una semana, le deseo que aproveche lo mejor que pueda el tiempo que le queda, su atenta servidora, muerte. Doscientas noventa y ocho hojas, doscientos noventa y ocho sobres, doscientas noventa y ocho descargas en la lista, no se podrá decir que un trabajo de éstos sea de morir, pero la verdad es que la muerte llegó al final exhausta. Con el gesto de la mano derecha que ya le conocemos hizo desaparecer las doscientas noventa y ocho cartas, luego, cruzando sobre la mesa los finos brazos, dejó caer la cabeza sobre ellos, no para dormir, que la muerte no duerme, sino para descansar. Cuando media hora más tarde, ya repuesta de la fatiga, la incorporó, la carta que había sido devuelta a procedencia y otra vez enviada, estaba nuevamente allí, ante sus órbitas atónitas y vacías.

Si la muerte soñó con la esperanza de alguna sorpresa que la distrajera de la pesadez de la rutina, estaba de suerte, aquí la tenía, y de las mejores. La primera devolución podría haber sido resultado de un simple accidente de camino, un rodezno fuera de eje, un problema de lubrificación, una carta azul celeste que tenía prisa por llegar y se puso delante, en fin, una de esas cosas inesperadas que pasan en el interior de las máquinas que, tal como sucede con el cuerpo humano, echan a perder los cálculos más exactos. El caso de la segunda devolución era diferente, mostraba con toda claridad que había un obstáculo en algún punto del camino que la debería haber llevado a la dirección del destinatario y que, al chocar con él, la carta regresaba. En el primer caso, dado que el retorno se verificó al día siguiente del envío, todavía se podía considerar la posibilidad de que el cartero, no habiendo encontrado a la persona a quien la carta debería ser entregada, en lugar de dejarla en el buzón o por debajo de la puerta, la hizo regresar al remitente, olvidándose de mencionar el motivo de la devolución. Serían demasiadas coincidencias, pero podría ser una buena explicación para lo sucedido. Ahora el caso ha cambiado de aspecto. Entre ir y venir la carta había tardado nada más que media hora, probablemente mucho menos, dado que ya se encontraba sobre la mesa cuando la muerte levantó la cabeza del duro amparo de los antebrazos, es decir, del cúbito y del radio, que para eso mismo están entrelazados. Una fuerza ajena, misteriosa, incomprensible, parecía oponerse a la muerte de la persona, a pesar de que la fecha de su defunción estaba fijada, como para todo el mundo, desde el propio día de su nacimiento. Es imposible, dijo la muerte a la guadaña silenciosa, nadie en el mundo o fuera de él ha tenido nunca más poder que yo, yo soy la muerte, el resto es nada. Se levantó de la silla y se acercó al fichero, de donde volvió con el expediente sospechoso. No había ninguna duda, el nombre concordaba con el del sobre, la dirección también, la profesión era la de violonchelista, el estado civil en blanco, señal de que no estaba casado, ni viudo, ni divorciado, porque en los ficheros de la muerte nunca consta el estado de soltero, basta pensar lo estúpido que sería que naciera un niño, se le hiciera la ficha, y se escribiera, no la profesión, porque él todavía no sabrá cuál será su vocación, mas sí que el estado civil del recién nacido es el de soltero. En cuanto a la edad escrita en el expediente que la muerte tiene en las manos, se ve que el violonchelista tiene cuarenta y nueve años. Ora bien, si todavía fuera necesaria una prueba del funcionamiento impecable de los archivos de la muerte, ahora mismo la vamos a tener, cuando, en una décima de segundo, o aún menos, ante nuestros ojos incrédulos, el número cuarenta y nueve fue sustituido por cincuenta. Hoy es el día del aniversario del violonchelista titular del expediente, flores le tenían que haber sido enviadas en vez de un anuncio de fallecimiento de aquí en ocho días. La muerte se levantó nuevamente, dio unas cuantas vueltas a la sala, dos veces paró ante donde se encontraba la guadaña, abrió la boca como para hablar con ella, pedirle una opinión, darle una orden, o simplemente decir que se sentía confusa, desconcertada, lo que, recordémoslo, no es nada de extrañar si pensamos en el tiempo que lleva en este oficio sin haber sufrido, hasta hoy, la menor falta de respeto del rebaño humano del que es soberana pastora. En este momento fue cuando la muerte tuvo el funesto presentimiento de que el accidente podría haber sido más grave de lo que a primera vista le había parecido. Se sentó a la mesa y comenzó a consultar, de delante hacia atrás, las listas mortuorias de los últimos ocho días. Enseguida, en la primera relación de nombres, la de ayer, y al contrario de lo que esperaba, vio que no constaba la del violonchelista. Siguió hojeando una, otra, otra, otra más, otra más todavía, y sólo en la octava lista, por fin, lo acabó encontrando. Erradamente pensó que el nombre debería encontrarlo en la lista de ayer, y ahora veía, con escándalo inaudito, que alguien que ya debería estar muerto hace dos días permanecía vivo. Y eso no era lo principal. El demonio del violonchelista, que desde que nació estaba destinado a morir joven, con apenas cuarenta y nueve primaveras, acababa de cumplir descaradamente los cincuenta, desacreditando así al destino, la fatalidad, la suerte, el horóscopo, el hado y todas las demás potencias que se dedican a contrariar, con todos los medios dignos e indignos, nuestra humanísima voluntad de vivir. Era realmente un descrédito total. Y ahora cómo voy a rectificar un desvío que no podía haber sucedido, si un caso así no tiene precedentes, si nada semejante está previsto en los reglamentos, se preguntaba la muerte, sobre todo porque él tenía que haber muerto con cuarenta y nueve años y no con los cincuenta que ya tiene. Se notaba que la pobre muerte estaba perpleja, desconcertada, que poco le faltaba para darse con la cabeza en las paredes de puro quebranto. En tantos millares de siglos de continua actividad, nunca tuvo un fallo operacional, y ahora, precisamente cuando había introducido algo nuevo en la relación clásica de los mortales con su auténtica y única causa mortis, su reputación, tan trabajosamente conquistada, acababa de sufrir el más duro de los golpes. Qué hacer, preguntó, imaginemos que el hecho de que él no muriera cuando debía lo haya colocado fuera de mi alcance, cómo voy a descalzarme esta bota. Miró a la guadaña, compañera de tantas aventuras y masacres, pero ella se hizo la desentendida, nunca respondía, y ahora, ausente del todo, como si se hubiera empachado del mundo, descansaba la lámina desgastada y herrumbrosa contra la pared blanca. Entonces fue cuando la muerte dio a luz su gran idea, Se suele decir que no hay una sin dos, ni dos sin tres, y que a la tercera va la vencida, veamos si realmente es como dicen. Hizo el gesto de despedida con la mano derecha, y la carta dos veces devuelta volvió a desaparecer. Ni dos minutos anduvo fuera. Ahí estaba, en el mismo lugar que antes. El cartero no pudo haberla introducido por debajo de la puerta, no tocó el timbre, y sin embargo, regresada, ahí estaba.

Es evidente que no hay que tener pena de la muerte. Innumerables y justificadas han sido nuestras quejas para permitirnos ahora caer en sentimientos de piedad que en ningún momento del pasado ella tuvo la delicadeza de manifestarnos, pese a saber mejor que nadie cuánto nos contraría la obstinación con que siempre, costara lo que costara, hace su voluntad. Pero no obstante, al menos durante un breve momento, lo que tenemos delante de los ojos se asemeja más a la estatua de la desolación que a la figura siniestra que, según dejaron dicho algunos moribundos de vista penetrante, se presenta a los pies de nuestras camas en la hora final para hacernos una señal semejante a la de enviar las cartas, pero al contrario, es decir, la señal no dice ve allá, dice ven aquí. Por algún extraño fenómeno óptico, real o virtual, la muerte parece ahora más pequeña, como si la osamenta le hubiese encogido, o quizá siempre fue así y son nuestros ojos, de acuerdo con nuestros miedos, los que hacen de ella una gigante. Pobrecita de la muerte. Nos dan ganas de ponerle la mano en su duro hombro, diciéndole al oído, o mejor, en el sitio donde lo tenía, debajo del parietal, algunas palabras de simpatía, No se enfade, señora muerte, son cosas que suceden, nosotros, los seres humanos, tenemos gran experiencia en desánimos, fiascos y frustraciones, y mire que ni eso nos hace cruzarnos de brazos, acuérdese de los tiempos antiguos cuando nos arrebataba sin dolor ni piedad en la flor de la juventud, piense en este tiempo de ahora en que, con idéntica dureza de corazón, le sigue haciendo lo mismo a la gente que más carece de lo que es necesario para la vida, es probable que le hayamos ayudado a ver quién se cansaba primero, si usted o nosotros, comprendo su pena, la primera derrota es la que más duele, después nos habituamos, en cualquier caso no se irrite si le digo que ojalá no sea la última, y no es por espíritu de venganza, que sería pobre venganza, algo así como sacarle la lengua al verdugo que nos va a cortar la cabeza, a decir verdad, nosotros, los humanos, no podemos hacer mucho más que sacarle la lengua al verdugo que nos va a cortar la cabeza, será por eso que siento una enorme curiosidad por saber cómo va a salir del lío en que está metida, con esa historia de la carta que va y viene y de ese violonchelista que no podrá morir a los cuarenta y nueve porque ya ha cumplido los cincuenta. La muerte hizo un gesto de impaciencia, se sacudió bruscamente del hombro la mano fraternal con que la consolábamos y se levantó de la silla. Ahora parecía más alta, con más cuerpo, una señora muerte como debe ser, capaz de hacer temblar el suelo debajo de sus pies, con la mortaja arrastrando y levantando humo a cada paso. La muerte está enfadada. Es el momento de sacarle la lengua.

Salvo algunos casos raros, como los de aquellos citados moribundos de mirada penetrante que la vislumbraron a los pies de la cama con el aspecto clásico de un fantasma envuelto en paños blancos, o, como parece que le sucedió a proust, en la figura de una mujer gorda vestida de negro, la muerte es discreta, prefiere que no se note su presencia, especialmente si las circunstancias la obligan a salir a la calle. En general, se cree que la muerte, siendo, como algunos se empeñan en afirmar, la cara de una moneda de la que dios, del otro lado, es la cruz, será, como él, por propia naturaleza, invisible. No es exactamente así. Somos testigos fidedignos de que la muerte es un esqueleto envuelto en una sábana, vive en una sala fría acompañada de una vieja y herrumbrosa guadaña que no responde a preguntas, rodeada de paredes encaladas a lo largo de las cuales se ven, entre telas de arañas, unas cuantas docenas de ficheros con grandes cajones repletos de expedientes. Se comprende, por tanto, que la muerte no quiera aparecerse a las personas con esa figura, en primer lugar por razones de estética personal, en segundo lugar para que los infelices transeúntes no se mueran del susto al toparse con esas grandes órbitas vacías al volver una esquina. En público, sí, la muerte se torna invisible, pero no en privado, como pudieron comprobar, en un momento crítico, el escritor marcel proust y los moribundos de vista penetrante. Ya el caso de dios es diferente. Por mucho que se esforzara, nunca conseguiría hacerse visible ante los ojos humanos, y no es porque no sea capaz, puesto que para él nada es imposible, es simplemente porque no sabría qué cara poner para presentarse ante los seres que se supone que ha creado, siendo lo más probable que no los reconociera, o quizá, y eso sería todavía peor, que ellos no lo reconocieran a él. Habrá también quien diga que, para nosotros, es una gran suerte que dios no quiera aparecerse, porque el pavor que le tenemos a la muerte sería como un juego de niños comparado con el susto que nos llevaríamos si tal aconteciera. En fin, de dios y de la muerte no se han contado nada más que historias y ésta es una más entre tantas.

Hete aquí que la muerte decidió ir a la ciudad. Se quitó la sábana, que era toda la ropa que llevaba encima, la dobló cuidadosamente y la dejó sobre la silla donde la hemos visto sentarse. Exceptuando esta silla y la mesa, exceptuando también los ficheros y la guadaña, no hay nada más en la sala, salvo esa puerta estrecha que no sabemos adónde da. Siendo aparentemente la única salida, sería lógico pensar que la muerte la utilizaría para ir a la ciudad, sin embargo, no será así. Sin sábana, la muerte ha perdido otra vez altura, tendrá, como mucho, las medidas humanas, un metro sesenta y seis o sesenta y siete, y, estando desnuda, sin un hilo de ropa encima, todavía nos parece más pequeña, casi un esqueletito de adolescente. Nadie diría que ésta es la misma muerte que con tanta violencia nos quitó la mano del hombro cuando, movidos por una inmerecida piedad, la pretendimos consolar en su pena. Realmente, no hay nada en el mundo más desnudo que el esqueleto. En vida, va doblemente vestido, primero por la carne con que se tapa, después, si no se las quitó para bañarse o para actividades más deleitosas, por la ropa con que a dicha carne le gusta vestirse. Reducido a lo que en realidad es, el armazón medio descoyuntado de alguien que hace mucho tiempo dejó de existir, no le queda nada más que desaparecer. Y eso es lo que le está pasando, de la cabeza a los pies. Ante nuestros atónitos ojos, los huesos están perdiendo consistencia y dureza, poco a poco se le van desdibujando los contornos, lo que era sólido se torna gaseoso, se extiende en todos los sentidos como una neblina tenue, es como si el esqueleto se estuviera evaporando, ahora es ya sólo un esbozo impreciso a través del que se puede ver la guadaña indiferente, y de repente, la muerte dejó de estar, estaba y no está, o está, pero no la vemos, o ni eso, atravesó simplemente el techo de la sala subterránea, la enorme masa de tierra que hay encima, y se fue, como en su fuero interior había decidido cuando la carta color violeta le llegó devuelta por tercera vez. Sabemos adónde va. No puede matar al violonchelista, pero quiere verlo, tenerlo delante de los ojos, tocarlo sin que él se dé cuenta. Tiene la seguridad de que un día de éstos descubrirá la forma de liquidarlo sin infringir demasiado los reglamentos, pero mientras tanto sabrá quién es ese hombre al que los avisos de muerte no lograron alcanzar, qué poderes tiene, si es ése el caso, o si, como un idiota inocente, sigue viviendo sin que le pase por la cabeza que ya tenía que estar muerto. Aquí encerrados, en esta fría sala sin ventanas y con una puerta estrecha que no se sabe para qué servirá, no nos habíamos dado cuenta de cuán rápido pasa el tiempo. Han dado las tres de la madrugada, la muerte ya debe de estar en casa del violonchelista.

Así es. Una de las cosas que más fatigan a la muerte es el esfuerzo que tiene que hacer sobre sí misma cuando no quiere ver todo aquello que en todos los lugares, simultáneamente, se le presenta delante de los ojos. También en este particular se parece mucho a dios. Veamos. Aunque el hecho no se incluya entre los datos verificables por la experiencia sensorial humana, hemos sido habituados a creer, desde niños, que dios y la muerte, esas eminencias supremas, están al mismo tiempo en todas partes, es decir, son omnipresentes, palabra, como tantas otras, mestiza del latín y griego. En verdad, sin embargo, es bien posible que, al pensarlo, y tal vez más aún cuando lo expresamos, considerando la ligereza con que las palabras nos suelen salir de la boca, no tengamos una clara conciencia de lo que eso puede significar. Es fácil decir que dios está en todas partes, y que la muerte en todas partes está, pero por lo visto no nos damos cuenta de que, si realmente están en todas partes, a la fuerza tienen que ver, en todas las infinitas partes en que se encuentren, todo cuanto haya para ver. De dios, que por obligaciones de cargo está al mismo tiempo en todo el universo, porque de otro modo no tendría ningún sentido que lo hubiera creado, sería una pretensión ridícula que mostrara un interés especial por lo que sucede en el pequeño planeta tierra, que, por cierto, y esto quizá no se le haya ocurrido a nadie, él conoce con un nombre completamente diferente, pero la muerte, esta muerte que, como ya dijimos páginas atrás, está adscrita a la especie humana con carácter de exclusividad, no nos quita los ojos de encima ni un minuto, hasta tal punto que incluso quienes todavía no van a morir sienten que constantemente su mirada los persigue. De aquí podremos sacar una idea del esfuerzo hercúleo que la muerte tuvo que hacer en las escasas veces que, por esta o aquella razón, a lo largo de nuestra historia común, necesitó rebajar su capacidad perceptiva a la altura de los seres humanos, es decir, ver cada cosa de una vez, estar en cada momento en un solo lugar. En el caso concreto que hoy nos ocupa ésa es la explicación de por qué todavía no ha conseguido pasar de la entrada de la casa del violonchelista. Cada paso que va dando, si le llamamos paso es para ayudar a la imaginación de quien nos lea, no porque ella efectivamente se mueva como si dispusiese de piernas y pies, la muerte tiene que pelear mucho para reprimir la tendencia expansiva que es inherente a su naturaleza, y que, dejada en libertad, enseguida haría estallar y dispersaría en el espacio la precaria e inestable unidad que es la suya, con tanto costo agregada. La distribución de las divisiones del apartamento donde vive el violonchelista que no recibió la carta de color violeta, pertenece al tipo económico de la clase media, por tanto más propia de un pequeño burgués sin horizontes que de un discípulo de euterpe. Se entra por un corredor donde, en la oscuridad, apenas se distinguen cinco puertas, una al fondo, que, para no tener que volver al asunto, queda ya dicho que da acceso al cuarto de baño, y dos a cada lado. La primera, a mano izquierda, por donde la muerte decide comenzar la inspección, abre hacia un pequeño comedor con señales de ser poco usado, que a su vez comunica con una cocina aún más pequeña, equipada con lo esencial. De ahí se sale de nuevo al pasillo, justo enfrente de una puerta que la muerte no necesitó tocar para saber que se encuentra fuera de servicio, o sea, que ni abre ni cierra, modo de decir contrario a la simple demostración, pues una puerta de la que se dice que ni abre ni cierra es simplemente una puerta cerrada que no se puede abrir, o, como también suele decirse, una puerta condenada. Claro que la muerte podría atravesarla y todo lo demás que detrás hubiera, pero si le costó tanto trabajo agregarse y definirse, aunque continúe invisible para los ojos vulgares, en forma más o menos humana, si bien, como dijimos antes, no hasta el punto de tener piernas y pies, no va a correr el riesgo de relajarse y dispersarse en el interior de la madera de una puerta o de un armario con ropa, que es lo que seguramente habrá al otro lado. La muerte siguió pues por el pasillo hasta la primera puerta a la derecha de quien entra, y por ahí pasó a la sala de música, que otro nombre no se ve que pueda darse a la división de una casa donde se hallan un piano abierto y un violonchelo, un atril con las tres piezas de la fantasía opus setenta y tres de robert schumann, según la muerte pudo leer gracias a un farol de iluminación pública cuya desmayada luz anaranjada entraba por las dos ventanas, y también algunos cuadernos amontonados aquí y allí, sin olvidar las altas estanterías de libros donde la literatura tiene todo el aspecto de convivir con la música en la más perfecta armonía, que hoy es la ciencia de los acordes después de haber sido la hija de ares y afrodita. La muerte rozó las cuerdas del violonchelo, pasó suavemente las puntas de los dedos por las teclas del piano, pero sólo ella distinguiría el sonido de los instrumentos, una larga y grave queja primero, un breve gorgoteo de pájaros después, ambos inaudibles para los oídos humanos, aunque claros y precisos para quien desde hace tanto tiempo aprendió a interpretar el sentido de los suspiros. Ahí, en el cuarto de al lado, será donde el hombre duerme. La puerta está abierta, la penumbra, pese a ser más profunda que la de la sala de música, deja ver una cama y el bulto de alguien acostado. La muerte avanza, cruza el umbral, pero se detiene, indecisa, al sentir la presencia de dos seres vivos en el dormitorio. Conocedora de ciertos hechos de la vida, aunque, como es natural, no por experiencia propia, la muerte pensó que el hombre tenía compañía, que a su lado dormiría otra persona, alguien a quien ella todavía no había enviado la carta color violeta, pero que en esta casa compartía el abrazo de las mismas sábanas y el calor de la misma manta. Se aproximó más, casi rozando, si tal cosa se puede decir, la mesilla de noche, y vio que el hombre estaba solo. Sin embargo, al otro lado de la cama, enroscado sobre una alfombra como un ovillo, dormía un perro de tamaño mediano, de pelo oscuro, quizá negro. Que recordara, era la primera vez que la muerte se sorprendía pensando, no sirviendo ella nada más que para la muerte de seres humanos, que aquel animal se encontraba fuera del alcance de su simbólica guadaña, que su poder no podía tocarle ni siquiera levemente, por eso ese perro que dormía también se tornaría inmortal, más tarde veremos durante cuánto tiempo, si su propia muerte, la otra, la que se encarga de los otros seres vivos, animales y vegetales, se ausentara, como ésta había hecho y alguien tuviera un buen motivo para escribir en el final de otro libro, Al día siguiente no murió ningún perro. El hombre se movió, tal vez soñara, tal vez continuara tocando las tres piezas de schumann y le salió una nota falsa, un violonchelo no es como un piano, el piano tiene siempre las notas en el mismo sitio, debajo de cada tecla, mientras que el violonchelo las dispersa a lo largo de toda la extensión de las cuerdas, es necesario ir a buscarlas, fijarlas, acertar en el punto exacto, mover el arco con la justa inclinación y con la justa presión, nada más fácil, por consiguiente, que errar una o dos notas cuando se está durmiendo. La muerte se inclinó hacia delante para ver mejor la cara del hombre, en ese momento le pasó por la cabeza una idea absolutamente genial, pensó que los expedientes de su archivo deberían tener pegadas las fotografías de las personas de quien se refieren, no una foto cualquiera, sino una tan avanzada científicamente que, de la misma manera que los datos de la existencia de esas personas van siendo de forma continua y automática actualizados en los respectivos expedientes, también la imagen de las personas iría mudando con el paso del tiempo, desde el niño con la piel arrugada y sonrosada en los brazos de la madre, hasta este día de hoy, cuando nos preguntamos si somos realmente aquellos que fuimos, o si algún genio de la lámpara no nos irá sustituyendo por otra persona cada hora que pasa. El hombre vuelve a moverse, parece que va a despertarse, pero no, la respiración retoma la cadencia normal, las mismas trece veces por minuto, la mano izquierda reposa sobre el corazón, como si estuviera a la escucha de las pulsaciones, una nota abierta para la diástole, una nota cerrada para la sístole, mientras la derecha, con la palma hacia arriba y los dedos ligeramente curvados, parece estar a la espera de que otra mano venga a cruzarse con ella. El hombre tiene un aspecto de persona de más edad que los cincuenta que ha cumplido, quizá no sea la edad, será el cansancio, y por ventura triste, pero eso sólo lo podremos saber cuando abra los ojos. No tiene todo el pelo, y mucho del que todavía le queda ya es blanco. Es un hombre cualquiera, ni feo ni guapo. Así como lo estamos viendo ahora, acostado boca arriba, con la chaqueta del pijama de rayas que el embozo de la sábana no cubre por completo, nadie diría que es el primer violonchelista de una orquesta sinfónica de la ciudad, que su vida discurre entre las líneas mágicas del pentagrama, quién sabe si también en busca del corazón profundo de la música, pausa, sonido, sístole, diástole. Todavía resentida por los fallos en los sistemas de comunicación del estado, pero sin la irritación que experimentaba cuando venía hacia aquí, la muerte mira la cara adormecida y piensa vagamente que este hombre ya debería estar muerto, que este suave respirar, inspirando, espirando, ya debería haber cesado, que el corazón que la mano izquierda protege ya tendría que estar parado y vacío, suspendido para siempre en la última contracción. Ha venido para ver a este hombre y ahora ya lo ha visto, no hay en él nada especial que explique las tres devoluciones de la carta color violeta, lo mejor que puede hacer después de esto es regresar a la fría sala subterránea de donde vino para descubrir la manera de acabar de una vez con la maldita casualidad que hizo de este serrador de violonchelos un sobreviviente de sí mismo. Para espolear su propia y ya declinante contrariedad la muerte usó estas dos agresivas parejas de palabras, maldita casualidad, serrador de violonchelos, pero los resultados no estuvieron a la altura del propósito. El hombre que duerme no tiene ninguna culpa de lo que ha sucedido con la carta color violeta, ni por remotas sombras podría imaginar que está viviendo una vida que ya no debería ser la suya, que si las cosas fueran como debieran ser, ya tendría que estar enterrado hace por lo menos ocho días, y el perro negro andaría ahora recorriendo la ciudad como loco en busca del dueño, o estaría sentado, sin comer ni beber, a la entrada del edificio, esperando que regresara. Durante un instante la muerte se soltó a sí misma, se expandió hasta las paredes, llenó todo el cuarto, y se alongó como un fluido hasta la sala de estar contigua, ahí una parte de sí misma se detuvo a mirar el cuaderno que estaba abierto sobre una silla, era la suite número seis opus mil doce en re mayor de johann sebastian bach compuesta en cöthén y no necesitó haber aprendido música para saber que fue escrita, como la nona sinfonía de beethoven, en la tonalidad de la alegría, de la unidad de los hombres, de la amistad y del amor. Entonces sucedió algo nunca visto, algo no imaginable, la muerte se dejó caer sobre las rodillas, era toda ella, ahora, un cuerpo rehecho, por eso tenía rodillas, y piernas, y pies, y brazos, y manos, y una cara que escondía entre las manos, y unos hombros que temblaban no se sabe por qué, llorar no será, no se puede pedir tanto a quien siempre deja un rastro de lágrimas por donde pasa, pero ninguna de ellas suya. Así como estaba, ni visible ni invisible, ni esqueleto ni mujer, se levantó del suelo como un soplo y entró en el cuarto. El hombre no se había movido. La muerte pensó, Ya no tengo nada que hacer aquí, me voy, no merecía la pena venir sólo para ver a un hombre y a un perro durmiendo, tal vez sueñen el uno con el otro, el hombre con el perro, el perro con el hombre, el perro soñando que ya es mañana y que está posando la cabeza al lado de la cabeza del hombre, el hombre soñando que ya es mañana y que su brazo izquierdo rodea el cuerpo caliente y blando del perro y lo atrae hacia su pecho. Al lado del ropero que ciega la puerta que daría acceso al pasillo hay un sillón donde la muerte fue a sentarse. No lo había decidido antes, pero se sentó allí, en aquella esquina, quizá por haberse acordado del frío que a esta hora hace en la sala subterránea de los archivos. Tiene los ojos a la altura de la cabeza del hombre, le distingue el perfil nítidamente dibujado sobre el fondo de la vaga luminosidad naranja que entra por la ventana y se repite a sí misma que no tiene ningún motivo razonable para seguir allí, pero inmediatamente argumenta que sí, que tiene un motivo, y fuerte, porque ésta es la única casa de la ciudad, del país, del mundo entero, en que existe una persona que está infringiendo la más severa de las leyes de la naturaleza, esa que tanto impone la vida como la muerte, que no te preguntó si querías vivir, que no te preguntará si quieres morir. Este hombre está muerto, pensó, todo aquel que tenga que morir joven ya viene muerto de antes, sólo necesita que yo le dé un toque leve con el pulgar o que le mande la carta color violeta que no podrá rechazar. Este hombre no está muerto, pensó, despertará dentro de pocas horas, se levantará como todos los otros días, abrirá la puerta del patio para que el perro se libere de lo que le sobra en el cuerpo, tomará su desayuno, entrará en el cuarto de baño de donde saldrá aliviado, limpio, afeitado, tal vez vaya a la calle con el perro para comprar juntos el periódico en el quiosco de la esquina, tal vez se siente ante el atril y toque una vez más las tres piezas de schumann, tal vez después piense en la muerte como tienen obligación de hacer todos los seres humanos, aunque él no sepa que en este momento es como si fuera inmortal porque esta muerte que lo mira no sabe cómo ha de matarlo. El hombre cambió de postura, dio la espalda al armario que condenaba la puerta y dejó caer el brazo derecho hacia el lado del perro. Un minuto después estaba despierto. Tenía sed. Encendió la lámpara de la mesilla de noche, se levantó, metió los pies en las zapatillas que, como siempre, estaban debajo de la cabeza del perro, y fue a la cocina. La muerte lo siguió. El hombre echó agua en un vaso y bebió. El perro apareció en ese momento, mató la sed en el recipiente de al lado de la puerta que da al patio y luego levantó la cabeza hacia el dueño. Quieres salir, claro, dijo el violonchelista. Abrió la puerta y esperó que el animal volviera. En el vaso había quedado un poco de agua. La muerte la miró, hizo un esfuerzo para imaginar qué sería la sed, pero no lo consiguió. Tampoco lo consiguió cuando tuvo que matar de sed en el desierto, pero entonces ni siquiera lo había intentado. El animal ya regresaba, moviendo el rabo. Vamos a dormir, dijo el hombre. Volvieron a la habitación, el perro dio tres vueltas sobre sí mismo y se echó enroscado. El hombre se tapó hasta el cuello, tosió dos veces y poco después entró en el sueño. Sentada en su esquina, la muerte lo miraba. Mucho más tarde, el perro se levantó de la alfombra y se subió al sillón. Por primera vez en su vida la muerte supo lo que era tener un perro en el regazo.

Momentos de debilidad cualquiera los puede tener en la vida, y, si hoy pasamos sin ellos, demos como cierto que los tendremos mañana. Del mismo modo que tras la broncínea coraza de aquiles vimos que latía un corazón sentimental, baste que recordemos los celos padecidos por el héroe durante diez años después de que agamenón le robara a su bien amada, la cautiva briseida, y luego aquella terrible cólera que le hizo volver a la guerra gritando con voz estentórea contra los troyanos cuando su amigo patroclo murió a manos de héctor, también en la más impenetrable de todas las armaduras hasta hoy forjadas y con promesa de que así seguirá hasta la definitiva consumación de los siglos, al esqueleto de la muerte nos referimos, siempre existe la posibilidad de que un día llegue a insinuarse en su pavorosa carcasa, así como quien no quiere la cosa, un suave acorde de violonchelo, un ingenuo trino de piano, o que la simple visión de un cuaderno de música abierto sobre una silla te haga recordar aquello que te niegas a pensar, que no habías vivido y que, hagas lo que hagas, no podrás vivir nunca, salvo si. Habías observado con fría atención al violonchelista dormido, ese hombre al que no consigues matar porque sólo pudiste llegar hasta él cuando ya era demasiado tarde, habías visto al perro enroscado sobre la alfombra, y ni siquiera a este animal te es permitido tocar porque tú no eres su muerte, y, en la templada penumbra del dormitorio, esos dos seres vivos que rendidos al sueño te ignoraban sirvieron para aumentar en tu conciencia el peso del yerro. Tú, que te habías habituado a poder lo que nadie más puede, te ves allí impotente, atada de pies y manos, con tu licencia para matar cero cero siete sin validez en esta casa, nunca, desde que eres muerte, lo reconoces, habías sido hasta tal punto humillada. Fue entonces cuando saliste del dormitorio y entraste en la sala de música, fue entonces cuando te arrodillaste ante la suite número seis para violonchelo de johann sebastian bach e hiciste con los hombros esos movimientos rápidos que en los seres humanos suelen acompañar al llanto compulsivo, fue entonces, con tus duras rodillas todavía hincadas en el duro suelo, cuando tu exasperación se difuminó de repente como la imponderable niebla en que a veces te transformas cuando no quieres ser del todo invisible. Regresaste al dormitorio, seguiste al violonchelista cuando él fue a la cocina para beber agua y abrirle la puerta al perro, primero lo viste acostado y durmiendo, ahora lo ves despierto y de pie, tal vez debido a una ilusión óptica causada por las rayas verticales del pijama parecía mucho más alto que tú, pero no podía ser, era un engaño de los ojos, una distorsión de la perspectiva, ahí está la lógica de los hechos que nos dice que la mayor eres tú, muerte, mayor que todo, mayor que todos nosotros. O tal vez no siempre lo seas, tal vez las cosas que suceden en el mundo se expliquen por la ocasión, por ejemplo, la luna deslumbrante que el músico recuerda de su infancia habría pasado en vano si él se encontrara durmiendo, sí, la ocasión, porque tú ya eras otra vez una pequeña muerte cuando regresaste al dormitorio y te sentaste en el sillón, y más pequeña aún te hiciste cuando el perro se levantó de la alfombra y se subió a tu regazo que parecía de niña, y entonces tuviste un pensamiento de los más bonitos, pensaste que no era justo que la muerte, no tú, la otra, viniese algún día a apagar la brasa de aquel suave calor animal, así lo pensaste, quién lo diría, tú que estás tan habituada a los fríos árticos y antárticos que hacen en la sala en que te encuentras en este momento y adonde la voz de tu ominoso deber te llamó, el de matar a aquel hombre que, dormido, parecía tener en la cara el rictus amargo de quien en toda su vida había tenido una compañía realmente humana en la cama, que hizo un acuerdo con su perro para que cada uno soñara con el otro, el perro con el hombre, el hombre con el perro, que se levanta de noche con su pijama de rayas para ir a la cocina a matar la sed, claro que sería más cómodo llevarse un vaso de agua al dormitorio cuando fuera a acostarse, pero no lo hace, prefiere su pequeño paseo nocturno por el pasillo hasta la cocina, en medio de la paz y el silencio de la noche, con el perro que siempre va detrás y a veces pide salir al patio, otras veces no, Este hombre tiene que morir, dices tú.

La muerte es nuevamente un esqueleto envuelto en una mortaja, con la capucha medio caída hacia delante, de modo que lo peor de la calavera le quede cubierto, pero no merece la pena tanto cuidado, si ésa era su preocupación, porque aquí no hay nadie que se asuste con el macabro espectáculo, sobre todo porque a la vista quedan los extremos de los huesos de las manos y de los pies, éstos descansando en las baldosas del suelo, cuya gélida frialdad no sienten, aquéllas hojeando, como si fueran un raspador, las páginas del volumen completo de las ordenaciones históricas de la muerte, desde el primero de todos los reglamentos, el que fue escrito con una sola y simple palabra, matarás, hasta las adendas y los apéndices más recientes, en que todos los modos y variantes del morir hasta ahora conocidos se encuentran compilados, y de los que se puede decir que nunca la lista se agota. La muerte no se sorprendió con el resultado negativo de su consulta, en realidad, sería incongruente, pero sobre todo sería superfluo que en un libro en que se determina para todos y cada representante de la especie humana un punto final, un remate, una condena, la muerte, aparecieran palabras como vida y vivir, como vivo y viviré. Allí sólo hay lugar para la muerte, jamás para hablar de hipótesis absurdas como que alguien haya conseguido escapar de ella alguna vez. Eso nunca se ha visto. Por ventura, buscando bien, todavía sea posible encontrar una vez, una sola vez, el tiempo verbal yo viví en una innecesaria nota a pie de página, pero tal diligencia nunca ha sido seriamente intentada, lo que nos induce a concluir que hay más que fuertes razones para que ni al menos el hecho de haber vivido merezca ser mencionado en el libro de la muerte. Es que el otro nombre del libro de la muerte, conviene que lo sepamos, es el libro de la nada. El esqueleto apartó el reglamento hacia un lado y se levantó. Dio, como suele hacer cuando necesita penetrar en el meollo de una cuestión, dos vueltas a la sala, después abrió el cajón del fichero donde se encontraba el expediente del violonchelista y lo retiró. Este gesto acaba de hacernos recordar que es el momento, o no lo será nunca, por aquello de la ocasión a que antes hicimos referencia, de dejar claro un aspecto importante relacionado con el funcionamiento de los archivos que vienen siendo objeto de nuestra atención y del cual, por censurable descuido del narrador, hasta ahora no se había hecho mención. En primer lugar, y al contrario de lo que tal vez se pudiera imaginar, los diez millones de expedientes que se encuentran organizados en estos cajones no fueron rellenados por la muerte, no fueron escritos por ella. No faltaría más, la muerte es la muerte, no una escribana cualquiera. Los expedientes aparecen en sus lugares, es decir, alfabéticamente archivados, en el instante exacto en que las personas nacen, y desaparecen en el exacto momento en que mueren. Antes de la invención de las cartas color violeta, la muerte no se tomaba el trabajo de abrir las gavetas, la entrada y salida de expedientes siempre se hace sin confusiones, sin atropellos, no hay memoria de que se produjeran escenas tan deplorables como serían las de unos diciendo que no querían nacer y otros protestando que no querían morir. Los expedientes de las personas que mueren van, sin que nadie los lleve, a una sala que hay debajo de ésta, o mejor, toman su lugar en una de las salas subterráneas que se van sucediendo en niveles cada vez más profundos y que ya están camino del centro ígneo de la tierra, donde toda esta papelada acabará algún día por arder. Aquí, en la sala de la muerte y de la guadaña, sería imposible establecer un criterio parecido al que adoptó aquel conservador del registro civil que decidió reunir en un archivo los nombres y los papeles, todos, de los vivos y de los muertos que tenía a su custodia, alegando que sólo juntos podían representar la humanidad como ésta debería ser entendida, un todo absoluto, independientemente del tiempo y de los lugares, y que haberlos mantenido separados había sido un atentado contra el espíritu. Ésta es la enorme diferencia que existe entre la muerte de aquí y aquel sensato conservador de los papeles de la vida y de la muerte, además ella hace gala de despreciar olímpicamente a los que murieron, recordemos la cruel frase, tantas veces repetida, que dice el pasado, pasado está, mientras que él, en compensación, gracias a lo que en el lenguaje corriente llamamos conciencia histórica, es de la opinión de que los vivos no deberían nunca ser separados de los muertos y que, en caso contrario, no sólo los muertos quedarían muertos para siempre, también los vivos vivirían su vida sólo por la mitad, aunque ésta fuese más larga que la de matusalén, del que hay dudas de si murió a los novecientos sesenta y nueve años como dice el antiguo testamento masorético o a los setecientos veinte como afirma el pentateuco samaritano. Ciertamente no todo el mundo estará de acuerdo con la osada propuesta archivística del conservador de todos los nombres habidos y por haber, pero, por lo que pueda venir a valer en el futuro, aquí la dejamos consignada.

La muerte examina el expediente y no encuentra nada que no hubiese visto antes, o sea, la biografía de un músico que ya debería estar muerto hace más de una semana y que, pese a eso, continúa tranquilamente viviendo en su modesto domicilio de artista, con aquel su perro negro que sube al regazo de las señoras, el piano y el violonchelo, su sed nocturna y su pijama de rayas. Tiene que haber una forma de resolver este tropiezo, pensó la muerte, lo preferible, claro está, sería que el asunto se pudiera despachar sin hacer demasiado ruido, pero si las altas instancias sirven para algo, si no están ahí sólo para recibir honras y loores, ahora tienen una buena ocasión para demostrar que no son indiferentes para con quien, aquí abajo, en la planicie, lleva a cabo el trabajo duro, que alteren el reglamento, que decreten medidas excepcionales, que autoricen, si es necesario llegar a tanto, una acción de legalidad dudosa, lo que sea menos permitir que semejante escándalo continúe. Lo curioso del caso es que la muerte no tiene ni la más mínima idea de quiénes son, en concreto, las tales altas instancias que supuestamente le deben resolver el tropiezo. Es verdad que, en una de las cartas publicadas en la prensa, si no me equivoco en la segunda, mencionó una muerte universal que haría desaparecer no se sabía cuándo todas las manifestaciones de vida del universo hasta el último microbio, pero eso, aparte de tratarse de una obviedad filosófica porque nada puede durar siempre, ni siquiera la muerte, era el resultado, en términos prácticos, de una deducción de sentido común que desde hace mucho circulaba entre las muertes sectoriales, aunque le faltase la confirmación de un conocimiento confirmado por el examen y la experiencia. Demasiado hacían ellas conservando la creencia en una muerte general que hasta hoy no ha dado el más simple indicio de su imaginario poder. Nosotras, las sectoriales, pensó la muerte, somos las que realmente trabajamos en serio, limpiando el terreno de excrecencias, y, de verdad, no me sorprendería nada que, si el cosmos llega a desaparecer, no sea tanto como consecuencia de una proclamación solemne de la muerte universal, retumbando entre las galaxias y los agujeros negros, y sí como efecto último de la acumulación de muertecitas particulares y personales que son de nuestra responsabilidad, una a una, como si la gallina del proverbio, en lugar de llenarse la barriga grano a grano, grano a grano estúpidamente la fuera vaciando, así me parece que sucederá con la vida, que ella misma va preparando su fin, sin necesitarnos, sin esperar que le demos un empujoncito. Es más que comprensible la perplejidad de la muerte. La habían puesto en este mundo hace tanto tiempo que ya no consigue recordar de quién recibió las instrucciones indispensables para el regular desempeño de la operación que le incumbía. Le pusieron el reglamento en las manos, le apuntaron la palabra matarás como único faro de sus actividades y, sin que probablemente se diera cuenta de la macabra ironía, le dijeron que viviera su vida. Ella se puso a vivirla creyendo que, en caso de duda o de algún improbable error, siempre iba a tener las espaldas cubiertas, siempre habría alguien, un jefe, un superior jerárquico, un guía espiritual, a quien pedir consejo y orientación.

No es verosímil, sin embargo, y aquí entramos en el frío y objetivo examen que la situación de la muerte y del violonchelista viene requiriendo, que un sistema de información tan perfecto como el que ha mantenido estos archivos al día a lo largo de milenios, actualizando continuamente los datos, haciendo aparecer y desaparecer expedientes de acuerdo se naciera o muriera, no es verosímil, repetimos, que un sistema así sea primitivo y unidireccional, que la fuente informativa, dondequiera que se encuentre, no esté recibiendo continuamente, a su vez, los datos resultantes de las actividades cotidianas de la muerte en funciones. Y, si efectivamente los recibe y no reacciona a la extraordinaria noticia de que alguien no ha muerto cuando debía, una de dos, o el episodio, contra nuestras lógicas y naturales expectativas, no le interesa y por tanto no se siente con la obligación de intervenir para neutralizar la perturbación surgida en el proceso, o entonces se subentenderá que la muerte, al contrario de lo que ella misma pensaba, tiene carta blanca para resolver, como bien entienda, cualquier problema que le surja en su día a día de trabajo. Fue necesario que esta palabra, duda, hubiese sido dicha aquí una y dos veces para que en la memoria de la muerte se despertara finalmente cierto pasaje del reglamento que, por estar escrito en letra pequeña en un pie de página, no atraía la atención del estudioso y mucho menos quedaba en ella fijado. Dejando a un lado el expediente del violonchelista, la muerte volvió al libro. Sabía que lo que buscaba no lo iba a encontrar en los apéndices ni en las adendas, que tenía que estar en la parte inicial del reglamento, la más antigua, y por tanto la menos consultada, como en general sucede con los textos históricos básicos, y allí fue a dar con ella. Rezaba así, En caso de duda, la muerte en funciones deberá, en el más corto plazo posible, tomar las medidas que su experiencia le aconseje a fin de que sea irremisiblemente cumplido el desiderátum que en todas y en cualquier circunstancia siempre deberá orientar sus acciones, es decir, poner término a las vidas humanas cuando se les extinga el tiempo que les fue prescrito al nacer, aunque para ese efecto se torne necesario recurrir a métodos menos ortodoxos en situaciones de una anormal resistencia del sujeto al fatal designio o de la concurrencia de factores anómalos obviamente imprevisibles en la época en que este reglamento está siendo elaborado. Más claro, agua, la muerte tiene las manos libres para actuar como mejor le parezca. Lo que, así lo muestra el examen a que procedemos, no era ninguna novedad. Y, si no, veamos. Cuando la muerte, por su cuenta y riesgo, decidió suspender su actividad a partir del día uno de enero de este año, no se le pasó por la cabeza la idea de que una instancia superior de la jerarquía podría pedirle cuentas del bizarro despropósito, como igualmente no pensó en la altísima probabilidad de que su pintoresca invención de cartas color violeta fuese vista con malos ojos por la referida instancia u otra de más arriba. Son éstos los peligros del automatismo de las prácticas, de la rutina aletargante, de la praxis cansada. Una persona, o la muerte, para el caso da lo mismo, va cumpliendo escrupulosamente su trabajo, día tras día, sin problemas, sin dudas, poniendo toda su atención en seguir las pautas establecidas, y si, al cabo de algún tiempo, nadie se le presenta metiendo la nariz en la manera como desempeña sus obligaciones, cierto y sabido es que esa persona, y así le sucedió a la muerte, acabará comportándose, sin que de tal se dé cuenta, como si fuera reina y señora de lo que hace, y no sólo eso, también de cuándo y de cómo deberá hacerlo. Ésta es la única explicación razonable de por qué la muerte no consideró necesario pedir autorización a la jerarquía cuando tomó y puso en marcha las transcendentes decisiones que conocemos y sin las cuales este relato, feliz o infelizmente, no podría haber existido. Es que ni siquiera pensó en eso. Y ahora, paradójicamente, en el justo momento en que no cabe en sí de alegría por haber descubierto que el poder de disponer de las vidas humanas es suyo y de él no tendrá que dar satisfacciones a nadie, ni hoy ni nunca, es la ocasión en que los humos de la gloria amenazan con obnubilarla, cuando no consigue evitar esa recelosa reflexión propia de la persona que, habiendo estado a punto de ser sorprendida en falta, de forma milagrosa consigue escapar en el último instante, De la que me he librado.

A pesar de todo, la muerte que ahora se levanta de la silla es una emperatriz. No debería estar en esta helada sala subterránea, como si fuera una enterrada viva, y sí en la cima de la montaña más alta presidiendo los destinos del mundo, mirando con benevolencia el rebaño humano, viendo cómo se mueve y se agita en todas las direcciones sin comprender que todas van a dar al mismo destino, que un paso atrás lo aproximará tanto a la muerte como un paso adelante, que todo es igual a todo porque todo tendrá un único fin, ese en que una parte de ti siempre tendrá que pensar y que es la marca oscura de tu irremediable humanidad. La muerte sostiene en la mano el expediente del músico. Es consciente de que tendrá que hacer algo con él, pero todavía no sabe qué. En primer lugar deberá calmarse, pensar que no es ahora más muerte de lo que era antes, que la única diferencia entre hoy y ayer es que tiene mayor certeza de serlo. En segundo lugar, el hecho de finalmente poder ajustar sus cuentas con el violonchelista no es motivo para olvidarse de enviar las cartas del día. Lo pensó y al instante doscientos ochenta y cuatro expedientes aparecieron sobre la mesa, la mitad eran de hombres, la mitad de mujeres, y con ellos doscientas ochenta y cuatro hojas de papel y doscientos ochenta y cuatro sobres. La muerte volvió a sentarse, apartó a un lado el expediente del músico y comenzó a escribir. Una esfera de cuatro horas habría dejado caer el último grano de arena precisamente cuando acababa de firmar la carta doscientas ochenta y cuatro. Una hora después los sobres estaban cerrados, listos para ser expedidos. La muerte buscó la carta que tres veces fue enviada y tres veces vino devuelta y la colocó sobre la pila de sobres color violeta, Te voy a dar una última oportunidad, dijo. Hizo el gesto habitual con la mano izquierda y las cartas desaparecieron. No habían pasado cinco segundos cuando la carta del músico, silenciosamente, reapareció sobre la mesa. Entonces la muerte dijo, Así lo quisiste, así lo tendrás. Tachó en el expediente la fecha de nacimiento y la puso un año más tarde, a continuación enmendó la edad, donde estaba escrito cincuenta corrigió por cuarenta y nueve. No puedes hacer eso, dijo la guadaña, Ya está hecho, Habrá consecuencias, Sólo una, Cuál, La muerte, por fin, del maldito violonchelista que se está divirtiendo a mi costa, Pero él, el pobre, ignora que ya tenía que estar muerto, Para mí es como si lo supiera, Sea como sea, no tienes poder ni autoridad para enmendar los expedientes, Te equivocas, tengo todos los poderes y toda la autoridad, soy la muerte, y toma nota de que nunca lo he sido tanto como a partir de este día, No sabes en lo que te estás metiendo, le avisó la guadaña, En todo el mundo, sólo hay un lugar donde la muerte no se puede meter, Qué lugar, Ese al que llaman urna, caja, tumba, ataúd, féretro, túmulo, catafalco, ahí no entro yo, ahí sólo entran los vivos, después de que yo los mate, claro, Tantas palabras para una sola y triste cosa, Es la costumbre de esta gente, nunca acaban de decir lo que quieren.

La muerte tiene un plan. El cambio del año de nacimiento del músico no fue sino el movimiento inicial de una operación en que, podemos adelantarlo desde ya, serán empleados medios absolutamente excepcionales, jamás usados a lo largo de la historia de las relaciones de la especie humana con su visceral enemiga. Como en un juego de ajedrez, la muerte avanzó con la reina. Unos cuantos lances más deberán abrir caminos al jaque mate y la partida terminará. Ahora se podría preguntar por qué no regresa la muerte al statu quo ante, cuando las personas morían simplemente porque tenían que morir, sin necesidad de esperar a que el cartero les trajera la carta color violeta. La pregunta tiene su lógica, pero la respuesta no la tendrá menos. Se trata, en primer lugar, de una cuestión de pundonor, de brío, de orgullo profesional, por cuanto, ante los ojos de todo el mundo, que la muerte regrese a la inocencia de aquellos tiempos sería lo mismo que reconocer su derrota. Puesto que el proceso actual en vigor es el de las cartas color violeta, entonces el violonchelista tendrá que morir por esta vía. Basta con que nos pongamos en el lugar de la muerte para comprender la bondad de sus razones. Claro que, como hemos tenido la ocasión de ver cuatro veces, el magno problema de hacer llegar la ya cansada carta al destinatario subsiste, y es ahí que, para lograr el añorado desiderátum, entrarán en acción los medios excepcionales de que hablamos arriba. Pero no anticipemos los hechos, observemos lo que hace la muerte en este momento. La muerte, en este preciso momento, no hace nada más que lo que siempre ha hecho, es decir, empleando una expresión corriente, anda por ahí, aunque, más exacto sería decir que la muerte está, no anda. Al mismo tiempo, y en todas partes. No necesita correr detrás de las personas para atraparlas, siempre está donde ellas estén. Ahora, gracias al método de aviso por correspondencia, podría quedarse tranquilamente en la sala subterránea y esperar que el correo se encargue del trabajo, pero su naturaleza es más fuerte, necesita sentirse libre, desahogada. Como ya decía el dictado antiguo, gallina de campo no quiere corral. En sentido figurado, por tanto, la muerte anda en el campo. No volverá a caer en la estupidez, o en la indisculpable debilidad, de reprimir lo que en ella hay de mejor, su ilimitada virtud expansiva, por eso no repetirá la penosa acción de concentrarse y mantenerse en el último umbral de lo visible, sin pasar al otro lado, como hizo la noche pasada, dios sabe con qué costo, durante las horas que permaneció en casa del músico. Presente, como hemos dicho una y mil veces, en todas partes, está ahí también. El perro duerme en el patio, al sol, esperando que el dueño regrese al hogar. No sabe adónde ha ido ni qué hace, y la idea de seguirle el rastro, si alguna vez lo tentó, es algo en lo que ya no piensa, tantos y tan desorientadores son los buenos y los malos olores de una ciudad capital. Nunca pensamos que lo que los perros conocen de nosotros son otras cosas de las que no tenemos la menor idea. La muerte, ésa sí, sabe que el violonchelista está sentado en el escenario de un teatro, a la derecha del maestro, en el lugar que corresponde al instrumento que toca, lo ve mover el arco con la mano diestra, ve la mano izquierda, izquierda pero no menos diestra que la otra, subiendo y bajando a lo largo de las cuerdas, tal como ella misma hiciera medio a oscuras, a pesar de no haber aprendido música, ni siquiera el más elemental de los solfeos, el llamado tres por cuatro. El maestro interrumpió el ensayo, repiqueteó con la batuta en el borde del atril para un comentario y una orden, pretende que en este pasaje los violonchelos, justamente los violonchelos, se hagan oír sin parecer que suenan, una especie de charada acústica que los músicos dan muestras de haber descifrado sin dificultad, el arte es así, tiene cosas que a los profanos les parecen imposibles del todo y a fin de cuentas no lo eran. La muerte, no sería necesario decirlo, llena el teatro hasta lo alto, hasta las pinturas alegóricas del techo y la inmensa araña ahora apagada, pero el punto de vista que en este momento prefiere es el de un palco sobre el nivel del escenario, frontero, aunque un poco de soslayo, a los grupos de cuerda de tonalidad grave, a las violas,

219

que son los contraltos de la familia de los violines, a los violonchelos, que corresponden al bajo, a los contrabajos, que son los de la voz gruesa. Está allí sentada, en una estrecha silla forrada de terciopelo carmesí, y mira fijamente al primer violonchelista, ese a quien ha visto dormir y que usa pijama de rayas, ese que tiene un perro que a estas horas duerme al sol en el patio de la casa, esperando el regreso del dueño. Aquél es su hombre, un músico, nada más que un músico, como son los casi cien hombres y mujeres organizados en semicírculo ante su chamán privado, que es el maestro, y que un día de éstos, en cualquier semana, mes y año futuros, recibirán en su casa la cartita color violeta y dejarán el lugar vacío, hasta que otro violinista, o flautista, o trompetista venga a sentarse en la misma silla, tal vez ya con otro chamán haciendo gestos con el palito para conjurar los sonidos, la vida es una orquesta que siempre está tocando, afinada, desafinada, un titanic que siempre se hunde y siempre regresa a la superficie, y es entonces cuando la muerte piensa que se quedará sin tener qué hacer si el barco hundido no pudiera subir nunca más cantando aquel evocativo canto de las aguas que resbalan por el costado, como debe de haber sido, deslizándose con otra rumorosa suavidad por el ondulante cuerpo de la diosa, el de anfitrite en la hora única de su nacimiento, para convertirla en aquella que rodea los mares, que ése es el significado del nombre que le dieron. La muerte se pregunta dónde estará ahora anfitrite, la hija de nereo y de doris, dónde estará la que, no habiendo existido nunca en la realidad, habitó durante un breve tiempo la mente humana para crear en ella, también por breve tiempo, una cierta y particular manera de dar sentido al mundo, de buscar entendimientos de esa misma realidad. Y no la entendieron, pensó la muerte, y no la pueden entender por más que hagan, porque en la vida de ellos todo es provisional, todo precario, todo pasa sin remedio, los dioses, los hombres, lo que fue ya acabó, lo que es no lo será siempre, y hasta yo, muerte, acabaré cuando no tenga a quién matar, sea a la manera clásica, sea por correspondencia. Sabemos que no es la primera vez que un pensamiento de éstos pasa por lo que ella piensa, sea lo que fuere, pero es la primera vez que haberlo pensado le causó este sentimiento de profundo alivio, como alguien que, habiendo terminado su trabajo, lentamente se recuesta para descansar. De súbito la orquesta se calló, apenas se oye el violonchelo, esto se llama un solo, un modesto solo que no llegará a durar dos minutos, es como si de las fuerzas que el chamán había invocado se hubiera erguido una voz, hablando por ventura en nombre de todos aquellos que ahora están silenciosos, el propio maestro está inmóvil, mira a aquel músico que dejó abierto en una silla el cuaderno con la suite número seis opus mil doce en re mayor de johann sebastian bach, la suite que él nunca tocará en este teatro, porque es simplemente un violonchelista de orquesta, aunque principal en su grupo, no uno de esos famosos concertistas que recorren el mundo entero tocando y dando entrevistas, recibiendo flores, aplausos, homenajes y condecoraciones, mucha suerte tiene ya con que alguna que otra vez le salgan unos cuantos compases para tocar solo, algún compositor generoso que se acordó de ese lado de la orquesta donde pocas cosas suelen pasar fuera de la rutina. Cuando el ensayo termine guardará el violonchelo en su estuche y volverá a casa en taxi, de esos que tienen un portamaletas grande, y es posible que esta noche, después de cenar, abra la suite de bach sobre el atril, respire hondo y roce con el arco las cuerdas para que la primera nota nacida lo venga a consolar de las incorregibles banalidades del mundo y la segunda se las haga olvidar si puede, el solo ya ha terminado, los tutti de la orquesta han cubierto el último eco del violonchelo, y el chamán, con un gesto imperioso de batuta, volvió a su papel de invocador y guía de los espíritus sonoros. La muerte está orgullosa de lo bien que su violonchelista ha tocado. Como si se tratara de una persona de la familia, la madre, la hermana, una novia, esposa no, porque este hombre nunca se ha casado.

Durante los tres días siguientes, excepto el tiempo necesario para correr a la sala subterránea, escribir las cartas a toda prisa y enviarlas al correo, la muerte fue, más que la sombra, el propio aire que el músico respiraba. La sombra tiene un grave defecto, se le pierde el sitio, no se da con ella en cuanto le falta una fuente luminosa. La muerte viajó a su lado en el taxi que lo llevaba a casa, entró cuando él entró, contempló con benevolencia las locas efusiones del perro a la llegada del amo, y después, tal como haría una persona convidada a pasar allí una temporada, se instaló. Para quien no necesita moverse, es fácil, lo mismo le da estar sentado en el suelo como subido a la parte alta de un armario. El ensayo de la orquesta había acabado tarde, dentro de poco será de noche. El violonchelista dio de comer al perro, después se preparó su propia cena con el contenido de dos latas que abrió, calentó lo que era para calentar, después puso un mantel sobre la mesa de la cocina, puso los cubiertos y la servilleta, echó vino en una copa y, sin prisa, como si pensara en otra cosa, se metió el primer tenedor lleno de comida en la boca. El perro se sentó al lado, algún resto que el dueño deje en el plato y pueda serle dado a mano será su postre. La muerte mira al violonchelista. Por principio, no distingue entre personas feas y personas guapas, acaso porque, no conociendo de sí misma otra cosa que la calavera que es, tiene la irresistible tendencia de hacer aparecer la nuestra diseñada debajo de la cara que nos sirve de muestrario. En el fondo, en el fondo, manda la verdad que se diga, a los ojos de la muerte todos somos de la misma manera feos, incluso en el tiempo en que habíamos sido reinas de belleza o reyes de lo que masculinamente le equivalga. Le aprecia los dedos fuertes, calcula que las pulpas de la mano izquierda poco a poco se habrán ido endureciendo, tal vez hasta ser levemente callosas, la vida tiene de estas y otras injusticias, véase este caso de la mano izquierda, que tiene a su cargo el trabajo más pesado del violonchelo y recibe del público muchos menos aplausos que la mano derecha. Acabada la cena, el músico lavó los platos, dobló cuidadosamente por las marcas el mantel y la servilleta, los guardó en un cajón del armario y antes de salir de la cocina miró a su alrededor para ver si algo había quedado fuera de su lugar. El perro le siguió hasta la sala de la música, donde la muerte los esperaba. Al contrario de la suposición que hicimos en el teatro, el músico no tocó la suite de bach. Un día, conversando con algunos colegas de la orquesta que en tono ligero hablaban de la posibilidad de la composición de retratos musicales, retratos auténticos, no tipos, como los de samuel goldenberg y schmuyle, de mussorgsky, tuvo la ocurrencia de decir que su retrato, en caso de existir en la música, no lo encontrarían en ninguna composición para violonchelo, y sí en un brevísimo estudio de chopin, opus veinticinco, número nueve, en sol bemol mayor. Quisieron ellos saber por qué, y él respondió que no conseguía verse a sí mismo en nada más que hubiera sido escrito en una pauta y que ésa le parecía la mejor de las razones. Y que en cincuenta y ocho segundos chopin había dicho todo cuanto se podría decir sobre una persona a la que no podía haber conocido. Durante algunos días, como amable divertimiento, los más graciosos le llamaron cincuenta y ocho segundos, pero el apodo era demasiado largo para perdurar, y también porque no se puede mantener ningún diálogo con alguien que había decidido demorar cincuenta y ocho segundos en responder a lo que le preguntaban. El violonchelista acabaría ganando la amigable contienda. Como si hubiera percibido la presencia de un tercero en su casa, a quien, por motivos no explicados, debiera hablar de sí mismo, y para no tener que hacer el largo discurso que hasta la vida más simple necesita para decir de sí misma algo que merezca la pena, el violonchelista se sentó ante el piano, y, tras una breve pausa para que la asistencia se acomodara, atacó la composición. Tumbado junto al atril y ya medio adormecido, el perro no pareció prestar importancia a la tempestad sonora que se había desencadenado sobre su cabeza, quizá por haberla oído otras veces, quizá porque no añadía nada a lo que sabía del dueño. La muerte, sin embargo, que por deber de oficio tantas otras músicas había escuchado, en particular la marcha fúnebre del mismo chopin o el adagio assai de la tercera sinfonía de beethoven, tuvo por primera vez en su larguísima vida la percepción de lo que podrá llegar a ser una perfecta conjunción entre lo que se dice y el modo en que se está diciendo. Poco le importaba que aquél fuera el retrato musical del violonchelista, lo más probable es que las alegadas semejanzas, tanto las efectivas como las imaginadas, las hubiese fabricado él en su cabeza, lo que a la muerte le impresionaba era que le pareció oír en aquellos cincuenta y ocho segundos de música una transposición rítmica y melódica de todas y cada una de las vidas humanas, corrientes o extraordinarias, por su trágica brevedad, por su intensidad desesperada, y también a causa de ese acorde final que era como un punto de suspensión dejado en el aire, en el vacío, en cualquier parte, como si, irremediablemente, alguna cosa todavía hubiera quedado por decir. El violonchelista había caído en uno de los pecados humanos que menos se perdonan, el de la presunción, cuando imaginó ver su propia y exclusiva figura en un retrato en que al final se encontraban todos, presunción que, en cualquier caso, si nos fijamos bien, si no nos quedamos en la superficie de las cosas, igualmente podría ser interpretada como una manifestación de su radical opuesto, o sea, de la humildad, dado que, siendo ése el retrato de todos, también yo tendría que estar retratado en él. La muerte duda, no acaba de decidirse entre la presunción o la humildad, y, para desempatar, para salir de dudas, se entretiene observando al músico, esperando que la expresión de la cara le revele lo que falta, o tal vez las manos, las manos son dos libros abiertos, no por las razones, supuestas o auténticas, de la quiromancia, con sus líneas del corazón y de la vida, de la vida, sí, han oído bien, queridos señores, de la vida, sino porque hablan cuando se abren o se cierran, cuando acarician o golpean, cuando enjugan una lágrima o disimulan una sonrisa, cuando se posan sobre un hombro o expresan un adiós, cuando trabajan, cuando están quietas, cuando duermen, cuando despiertan, y entonces la muerte, terminada la observación, concluye que no es verdad que el antónimo de presunción sea humildad, incluso aunque lo juren a pies juntillas todos los diccionarios del mundo, pobres diccionarios, que tienen que gobernarse ellos y gobernarnos a nosotros con las palabras que existen, cuando son tantas las que todavía faltan, por ejemplo, esa que sería el contrario activo de la presunción, sin embargo, en ningún caso la rebajada cabeza de la humildad, esa palabra que vemos claramente escrita en la cara y en las manos del violonchelista, pero que es incapaz de decirnos cómo se llama.

Resultó ser domingo el día siguiente. Estando el tiempo de buena cara, como sucede hoy, el violonchelista suele ir a dar un paseo por la mañana por uno de los parques de la ciudad en compañía de su perro y de uno o dos libros. El animal nunca se aleja mucho, incluso cuando el instinto lo hace andar de árbol en árbol olisqueando las meadas de los congéneres. Alza la pata de vez en cuando, pero se queda por ahí en lo que a la satisfacción de sus necesidades excretoras se refiere. Ésta, complementaria por decirlo de alguna manera, la resuelve disciplinadamente en el patio de la casa donde vive, por eso el violonchelista no tiene que ir detrás recogiéndole los excrementos en un saquito de plástico con la ayuda de la pala diseñada especialmente para ese fin. Se trataría de un notable ejemplo de los resultados de una buena educación canina de no darse la circunstancia extraordinaria de que fue una idea del propio animal, que es de la opinión de que un músico, un violonchelista, un artista que se esfuerce por llegar a tocar dignamente la suite número seis opus mil doce en re mayor de bach, es de la opinión, decíamos, que no está bien que un músico, un violonchelista, un artista haya venido al mundo para levantar del suelo las cacas todavía humeantes de su perro o de cualquier otro. No es apropiado, bach, por ejemplo, dijo éste un día conversando con su dueño, nunca lo hizo. El músico le respondió que desde entonces los tiempos han cambiado mucho, pero no tuvo otro remedio que reconocer que bach, en efecto, nunca lo había hecho. Aunque es amante de la literatura en general, basta con mirar los estantes del medio de su biblioteca para comprobarlo, el músico tiene una predilección especial por los libros sobre astronomía y ciencias naturales o de la naturaleza, y hoy se le ha ocurrido traerse un manual de entomología. Por falta de preparación previa no espera sacarle mucho provecho, pero se distrae leyendo que en la tierra hay casi un millón de especies de insectos y que éstos se dividen en dos grupos, el de los pterigotos, que están provistos de alas, y los apterigotos, que no las tienen, y que se clasifican en ortópteros, como la langosta, blatoideos, como la cucaracha, mantídeos, como la santateresa, neurópteros, como la crisopa, odonatos, como la libélula, efemerópteros, como la efímera, tricópteros, como la friganeal, isópteros, como la termita, sifonápteros, como la pulga, anopluros, como el piojo, malófagos, como el piojo de las aves, heterópteros, como la chinche, homópteros, como el pulgón, dípteros, como la mosca, himenópteros, como la avispa, lepidópteros, como la calavera, coleópteros, como el escarabajo, y, finalmente, tisanuros, como el pececillo de plata. Según se puede ver en la imagen del libro, la calavera es una mariposa, y su nombre en latín es acherontia atropos. Es nocturna, exhibe en la parte dorsal del tórax un dibujo semejante a una calavera humana, alcanza doce centímetros de envergadura y es de una coloración oscura, con las alas posteriores amarillas y negras. Y le llaman atropos, es decir, muerte. El músico no sabe, y no podría imaginarlo nunca, que la muerte mira, fascinada, por encima de su hombro, la fotografía en color de la mariposa. Fascinada y también confundida. Recordemos que la parca encargada de tratar del paso de la vida de los insectos a su no vida, o sea, de matarlos, es otra, no es ésta, y que, aunque en muchos casos el modus operandi sea el mismo para ambas, las excepciones también son numerosas, baste decir que los insectos no mueren por causas tan comunes a la especie humana como, por ejemplo, la neumonía, la tuberculosis, el cáncer, el síndrome de inmunodeficiencia adquirido, vulgarmente conocido por sida, los accidentes de tráfico o las afecciones cardiovasculares. Hasta aquí, cualquier persona lo entiende. Lo que cuesta más comprender, lo que está confundiendo a esta muerte que sigue mirando por encima del hombro del violonchelista es que una calavera humana, diseñada con extraordinaria precisión, haya aparecido, no se sabe en qué época de la creación, en el lomo peludo de una mariposa. Es cierto que en el cuerpo humano también aparecen a veces unas maripositas, pero eso nunca ha pasado de un artificio elemental, son simples tatuajes, no venían con la persona en el nacimiento. Probablemente, piensa la muerte, hubo un tiempo en que todos los seres vivos eran una cosa sola, pero después, poco a poco, con la especialización, se encontraron divididos en cinco reinos, a saber, las móneras, las protistas, los hongos, las plantas y los animales, en cuyo interior, a los reinos nos referimos, infinitas macroespecializaciones y microespecializaciones se sucedieron a lo largo de las eras, no siendo de extrañar que, en medio de tal confusión, de tal atropello biológico, algunas particularidades de unas hubiesen aparecido repetidas en otras. Eso explicaría, por ejemplo, no ya la inquietante presencia de una calavera blanca en el dorso de esta mariposa acherontia atropos, que, curiosamente, más allá de la muerte, tiene en su nombre el nombre de un río del infierno, sino también las no menos inquietantes semejanzas de la raíz de la mandrágora con el cuerpo humano. No sabe una persona qué pensar ante tanta maravilla de la naturaleza, ante asombros tan sublimes. Sin embargo, los pensamientos de la muerte, que sigue mirando por encima del hombro del violonchelista, han tomado otro camino. Ahora está triste porque compara lo que habría sido utilizar las mariposas de la calavera como mensajeras de la muerte en lugar de esas estúpidas cartas color violeta que al principio le parecieron la más genial de las ideas. A una mariposa de éstas nunca se le habría ocurrido la idea de volver atrás, lleva marcada su obligación en la espalda, nació para esto. Además, el efecto espectacular sería totalmente diferente, en lugar de un vulgar cartero que nos entrega una carta, veríamos doce centímetros de mariposa revoloteando sobre nuestras cabezas, el ángel de la oscuridad exhibiendo sus alas negras y amarillas, y de repente, después de rasar el suelo y trazar el círculo de donde ya no saldremos, ascender verticalmente ante nosotros y colocar su calavera delante de la nuestra. Es más que evidente que no regatearíamos aplausos a la acrobacia. Por aquí se ve cómo la muerte que tiene a su cargo a los seres humanos todavía tiene mucho que aprender. Claro que, como bien sabemos, las mariposas no se encuentran bajo su jurisdicción. Ni ellas, ni las demás especies animales, prácticamente infinitas. Tendría que negociar un acuerdo con la colega del departamento zoológico, esa que tiene bajo su responsabilidad la administración de los productos naturales, pedirle prestadas unas cuantas mariposas acherontia atropos, aunque lo más probable, lamentablemente, teniendo en cuenta la abisal diferencia de extensión de los respectivos territorios y de las poblaciones correspondientes, sería que la referida colega le respondiera con un soberbio, maleducado y perentorio no, para que aprendamos que la falta de camaradería no es una palabra vana, incluso en la gerencia de la muerte. Piénsese en ese millón de insectos de que hablaba el manual de entomología elemental, imagínese, si tal es posible, el

número de individuos existentes en cada una, y dí-
ganme si no se encontrarían más bichitos de ésos
en la tierra que estrellas tiene el cielo, o el espacio
sideral, si preferimos darle un nombre poético a la
convulsa realidad del universo en el que somos un
hilo de mierda a punto de disolverse. La muerte
de los humanos, en este momento una ridiculez de
siete mil millones de hombres y mujeres bastante
mal distribuidos por los cinco continentes, es una
muerte secundaria, subalterna, ella misma tiene perfecta consciencia de su lugar en la escala jerárquica de tánatos, como tuvo la honradez de reconocer
en la carta enviada al periódico que le había puesto
el nombre con la inicial en mayúscula. No obstante, siendo la puerta de los sueños tan fácil de abrir,
tan asequible para cualquiera que ni impuestos nos
exigen por el consumo, la muerte, esta que ya ha
dejado de mirar por encima del hombro del violonchelista, se complace imaginando lo que sería
tener a sus órdenes un batallón de mariposas ali-
neadas sobre la mesa, ella haciendo la llamada una
a una y dando las instrucciones, vas a tal lado, bus-
cas a tal persona, le pones la calavera por delante
y regresas aquí. Entonces el músico creería que su
mariposa acherontia atropos había levantado el vuelo de la página abierta, sería ése su último pensamiento y la última imagen que llevaría prendida
en la retina, ninguna mujer gorda vestida de negro
anunciándole la muerte, como se dice que vio marcel proust, ningún mostrenco envuelto en una sábana blanca, como afirman los moribundos de vista

penetrante. Una mariposa, nada más que el suave run run de las alas de seda de una mariposa grande y oscura con una pinta blanca que parece una calavera.

El violonchelista miró el reloj y vio que era la hora del almuerzo. El perro, que ya llevaba diez minutos pensando lo mismo, se había sentado al lado del dueño y, apoyando la cabeza en la rodilla, esperaba paciente a que regresara al mundo. No lejos de allí había un pequeño restaurante que abastecía de bocadillos y otras menudencias alimenticias de naturaleza semejante. Siempre que venía a este parque por la mañana, el violonchelista era cliente y no variaba en la comanda que hacía. Dos bocadillos de atún con mayonesa y una copa de vino para él, un bocadillo de carne poco hecha para el perro. Si el tiempo estaba agradable, como hoy, se sentaban en el suelo, bajo la sombra de un árbol, y, mientras comían, conversaban. El perro guardaba siempre lo mejor para el final, comenzaba por los trozos de pan y sólo después se entregaba a los placeres de la carne, masticando sin prisa, conscientemente, saboreando los jugos. Distraído, el violonchelista comía como iba cayendo, pensaba en la suite en re mayor de bach, en el preludio, en un cierto pasaje de mil pares de demonios en que solía detenerse algunas veces, dudar, titubear, que es lo peor que le puede suceder en la vida a un músico. Después de acabar de comer, se echaron uno al lado del otro, el violonchelista durmió un poco, el perro ya estaba durmiendo un minuto antes. Cuando despertaron y volvieron a casa, la muerte fue con ellos. Mientras el perro corría al patio para descargar la tripa, el violonchelista puso la suite de bach en el atril, la abrió por el pasaje escabroso, un pianísimo absolutamente diabólico, y la implacable duda se repitió. La muerte tuvo pena de él, Pobrecillo, lo malo es que no va a tener tiempo para conseguirlo, es más, nunca lo tienen, incluso los que han llegado cerca siempre se quedaron lejos. Entonces, por primera vez, la muerte se dio cuenta de que en toda la casa no había ni un único retrato de mujer, salvo el de una señora de edad que tenía todo el aspecto de ser la madre y que estaba acompañada por un hombre que debía de ser el padre.

Tengo un gran favor que pedirte, dijo la muerte. Como siempre, la guadaña no respondió, la única señal de haber oído fue un estremecimiento poco más que perceptible, una expresión general de desconcierto físico, puesto que jamás habían salido de esa boca semejantes palabras, pedir un favor, y para colmo grande. Voy a tener que estar fuera una semana, siguió la muerte, y necesito que durante ese tiempo me sustituyas en el despacho de las cartas, evidentemente no te pido que las escribas, sólo que las envíes, bastará que emitas una especie de orden mental y hagas vibrar un poco tu lámina por dentro, así como un sentimiento, una emoción, cualquier cosa que muestre que estás viva, eso será suficiente para que las cartas sigan hasta su destino. La guadaña se mantuvo callada, pero el silencio equivalía a una pregunta. Es que no puedo estar siempre entrando y saliendo para ocuparme del correo, dijo la muerte, tengo que concentrarme totalmente en la resolución del problema del violonchelista, descubrir la manera de entregarle la maldita carta. La guadaña esperaba. La muerte prosiguió, Mi idea es ésta, escribo de un tirón todas las cartas de la semana en que estaré ausente, procedimiento que me permito a mí misma usar considerando el carácter excepcional de la situación, y, tal como te he dicho, tú sólo tendrás que enviarlas, no necesitas salir de donde estás, ahí apoyada en la pared, mira que estoy siendo buena, te pido un favor de amiga cuando podría muy bien, sin contemplaciones, darte una simple orden, el hecho de que en los últimos tiempos haya dejado de aprovecharme de ti no significa que no sigas a mi servicio. El silencio resignado de la guadaña confirmaba que así era. Entonces estamos de acuerdo, concluyó la muerte, dedicaré este día a escribir las cartas, calculo que serán unas dos mil quinientas, imagínate, estoy segura de que llegaré al final del trabajo con la muñeca abierta, te las dejo organizadas sobre la mesa, en grupos separados, de izquierda a derecha, no te equivoques, de izquierda a derecha, fíjate bien, desde aquí hasta aquí, sería una complicación de mil demonios que las personas reciban fuera de tiempo sus notificaciones, tanto si es para más como si es para menos. Se dice que quien calla otorga. La guadaña había callado, por tanto otorgaba. Envuelta en su sábana, con la capucha hacia atrás para desahogar la visión, la muerte se sentó a trabajar. Escribió, escribió, pasaron las horas y ella seguía escribiendo, y eran las cartas, y eran los sobres, y era doblarlas, y era cerrarlos, se podría preguntar cómo lo conseguía si no tenía lengua ni de dónde le venga la saliva, pero eso, queridos señores, era en los felices tiempos de la artesanía, cuando todavía vivíamos en las cavernas de una modernidad que apenas comenzaba a despuntar, ahora los sobres son de los llamados autoadhesivos, se les quita la tirita de papel, y ya está, de los múltiples empleos que la lengua tenía se puede decir que éste ha pasado a la historia. La muerte no llegó al final con la muñeca abierta después de tan gran esfuerzo porque, en realidad, abierta ya la tiene desde siempre. Son maneras de hablar que se nos pegan al lenguaje, seguimos usándolas incluso después de haberse desviado hace mucho del sentido original, y no nos damos cuenta de que, por ejemplo en el caso de esta nuestra muerte que por aquí deambula en figura de esqueleto, la muñeca ya le vino abierta de nacimiento, basta ver la radiografía. El gesto de despedida hizo desaparecer en el hiperespacio los doscientos ochenta y tantos sobres de hoy, por lo tanto será a partir de mañana cuando la guadaña comenzará a desempeñar las funciones de expedidora postal que le acaban de ser confiadas. Sin pronunciar una palabra, ni adiós, ni hasta luego, la muerte se levantó de la silla, se dirigió a la única puerta que existía en la sala, esa puertecita estrecha a la que tantas veces nos hemos referido sin tener la menor idea de cuál sería su utilidad, la abrió, entró y volvió a cerrarla tras de sí. La emoción hizo que la guadaña experimentara a lo largo de la lámina, hasta el pico, hasta la punta extrema, una fortísima vibración. Nunca, en la memoria de la guadaña, esa puerta había sido utilizada.

Las horas pasaron, todas las que fueron necesarias para que el sol naciera ahí fuera, no aquí en esta sala blanca y fría, donde las pálidas bombillas, siempre encendidas, parecían haber sido puestas para espantarle las sombras a un muerto que tuviera miedo de la oscuridad. Todavía es pronto para que la guadaña emita la orden mental que hará desaparecer de la sala el segundo montón de cartas, puede, por tanto, dormir un poco más. Esto es lo que suelen decir los insomnes que no pegan los ojos en toda la noche, pero que, los pobres, creen que son capaces de engañar al sueño pidiéndole un poco más, sólo un poco más, ellos a quienes ni un minuto de reposo les había sido concedido. Sola, durante todas esas horas, la guadaña buscó una explicación para el insólito hecho de que la muerte hubiera salido por una puerta ciega que, desde el momento en que la colocaron, parecía condenada para el resto de los tiempos. Por fin desistió de darle vueltas a la cabeza, más tarde o más pronto acabará sabiendo qué está pasando ahí detrás, pues es prácticamente imposible que haya secretos entre la muerte y la guadaña como tampoco los hay entre la hoz y la mano que la empuña. No tuvo que esperar mucho. Media hora habría pasado en un reloj cuando la puerta se abrió y una mujer apareció en el umbral. La guadaña había oído decir que esto podría suceder, transformarse la muerte en un ser humano, preferiblemente mujer por esa cosa de los géneros, pero pensaba que se trataba de una historieta, de un mito, de una leyenda como tantas y tantas otras, por ejemplo, el fénix renacido de sus propias cenizas, el hombre de la luna cargando con un haz de leña sobre la espalda por haber trabajado en día santo, el barón de münch-hausen que, tirando de sus propios cabellos, se salvó de morir ahogado en unas aguas pantanosas y también al caballo que montaba, el drácula de transilvania que no muere por más que lo maten, a no ser que le claven una estaca en el corazón, e incluso así no faltan quienes lo duden, la famosa piedra, en la antigua irlanda, que gritaba cuando el rey verdadero la tocaba, la fuente del epiro que apagaba las antorchas encendidas e inflamaba las apagadas, las mujeres que dejaban caer la sangre de la menstruación por los campos cultivados para aumentar la fertilidad de la sementera, las hormigas de tamaño de perros, los perros de tamaño de hormigas, la resurrección al tercer día porque no pudo ser en el segundo. Estás muy guapa, comentó la guadaña, y era verdad, la muerte estaba muy guapa y era joven, tendría treinta y seis o treinta y siete años como habían calculado los antropólogos, Hablaste, finalmente, exclamó la muerte, Me ha parecido que había un buen motivo, no todos los días se ve a la muerte transformada en un ejemplar de la especie de que es enemiga, Quiere decir que no ha sido por encontrarme guapa, También, también, pero igualmente hubiera hablado si te me hubieras aparecido con la figura de una mujer gorda vestida de negro como a monsieur marcel proust, No soy gorda ni estoy vestida de negro, y tú no tienes ni la menor idea de quién fue marcel proust, Por razones obvias, las guadañas, tanto esta de segar gente como las otras, vulgares, de segar hierba, nunca pudieron aprender a leer, pero todas fuimos dotadas de buena memoria, ellas de la savia, yo de la sangre, he oído decir por ahí algunas veces el nombre de proust y he unido hechos, fue un gran escritor, uno de los mayores que jamás han existido, y su expediente estará en los antiguos archivos, Sí, pero no en los míos, no fui yo la muerte que lo mató, No era entonces de este país el tal monsieur marcel proust, preguntó la guadaña, No, era de otro, de uno que se llama francia, respondió la muerte, y se notaba un cierto tono de tristeza en sus palabras, Que te consuele del disgusto de no haber sido tú quien lo mató lo guapa que te veo, dios te bendiga, ayudó la guadaña, Siempre te he considerado una amiga, pero mi disgusto no viene de no haberlo matado yo, Entonces, No lo sabría explicar. La guadaña miró a la muerte con extrañeza y creyó preferible cambiar de asunto, Dónde has encontrado lo que llevas puesto, preguntó, Hay mucho para elegir detrás de esa puerta, es como un almacén, como un enorme guardarropa de teatro, son centenares de armarios, centenares de maniquíes, millares de perchas, Me llevas, pidió la guadaña, Sería inútil, no entiendes nada de modas ni de estilos, A simple vista no me parece que tú tampoco entiendas mucho, no creo que las diferentes partes de lo que vistes vayan bien unas con otras, Como nunca has salido de esta sala, ignoras lo que se usa en los días de hoy, Pues te diría que esa blusa se parece mucho a otras que recuerdo de cuando llevaba una vida activa, Las modas son rotatorias, van y vienen, vuelven y van, si yo te contase lo que veo por esas calles, Lo creo sin que me lo tengas que decir, No piensas que la blusa va bien con el color de los pantalones y de los zapatos, Creo que sí, concedió la guadaña, Y con este gorro que llevo en la cabeza, También, Y con esta chaqueta de piel, También, Y con este bolso de colgar al hombro, No digo que no, Y con estos pendientes en las orejas, Me rindo, Estoy irresistible, confiésalo, Depende del tipo de hombre al que quieras seducir, En cualquier caso te parece que de verdad voy guapa, He sido yo quien lo ha dicho en primer lugar, Siendo así, adiós, estaré de regreso el domingo, lo más tarde el lunes, no te olvides de mandar el correo de cada día, supongo que no será demasiado trabajo para quien se pasa el tiempo apoyada en la pared, Llevas la carta, preguntó la guadaña, que decidió no reaccionar ante la ironía, La llevo, va aquí dentro, respondió la muerte, tocando el bolso con las puntas de unos dedos finos, bien tratados, que a cualquiera de nosotros le apetecería besar.

La muerte apareció bajo la luz del día en una calle estrecha, con muros a un lado y a otro, ya casi fuera de la ciudad. No se ve puerta o portón por donde pueda haber salido, tampoco se nota ningún indicio que nos permita reconstituir el camino que desde la fría sala subterránea la ha traído hasta aquí. El sol no molesta a las órbitas vacías, por eso los cráneos rescatados en las excavaciones arqueológicas no tienen necesidad de bajar los párpados cuando la luz súbita les da de lleno en la cara y el feliz antropólogo anuncia que su hallado óseo tiene todo el aspecto de ser un neanderthal, aunque un examen posterior venga a demostrar que al final se trataba de un vulgar homo sapiens. La muerte, esta que se ha hecho mujer, saca del bolso unas gafas oscuras y con ellas defiende sus ojos ahora humanos de los peligros de una oftalmia más que probable en quien todavía tendrá que habituarse a las refulgencias de una mañana de verano. La muerte baja la calle hasta donde los muros terminan y los primeros edificios se levantan. A partir de ahí se encuentra en terreno conocido, no hay una sola casa de estas y de todas cuantas se extienden delante de sus ojos hasta los límites de la ciudad y del país en que no haya estado alguna vez, y hasta incluso en esa obra tendrá que entrar de aquí a dos semanas para empujar de un andamio a un albañil distraído que no se fijará dónde va a poner el pie. En casos como éstos solemos decir que así es la vida, cuando mucho más exactos seríamos si dijéramos que así es la muerte. A esta chica de gafas oscuras que está entrando en un taxi no le daríamos nosotros tal nombre, probablemente pensaríamos que era la propia vida en persona y correríamos jadeando tras ella, ordenaríamos al conductor de otro taxi, si lo hubiera, Siga a ese coche, y sería inútil porque el taxi que la lleva ya ha doblado la esquina y no hay aquí otro al que le pudiéramos suplicar, Por favor, siga a ese taxi. Ahora sí, ya tiene todo el sentido que digamos que es así la vida y encojamos resignados los hombros. Sea como sea, y que eso nos sirva al menos de consuelo, la carta que la muerte lleva en su bolso tiene el nombre de otro destinatario y otra dirección, nuestro turno de caer del andamio todavía no ha llegado. Al contrario de lo que razonablemente podría preverse, la muerte no le ha dado al conductor del taxi la dirección del violonchelista, y sí la del teatro en que él toca. Es cierto que decidió apostar a lo seguro después de los sucesivos desaires sufridos, pero no comenzó transformándose en mujer por mera casualidad, o, como un espíritu gramático también podría ser llevado a pensar, por aquello de los géneros que antes sugerimos, ambos, en este caso, de la mujer y de la muerte, femeninos. A pesar de su absoluta falta de experiencia del mundo exterior, particularmente en el capítulo de los sentimientos, apetitos y tentaciones, la guadaña acertó de lleno en el objetivo cuando, en determinado momento de la conversación con la muerte, se preguntó sobre el tipo de hombre a quien pretendía seducir. Ésta era la palabra clave, seducir. La muerte podría haber ido directamente a casa del violonchelista, tocar el timbre y, cuando él abriese la puerta, lanzarle el primer anzuelo de una sonrisa dulce después de quitarse las gafas oscuras, anunciarse, por ejemplo, como vendedora de enciclopedias, pretexto archiconocido, pero de resultados casi siempre seguros, y entonces una de dos, o él le diría que entrara para tratar del asunto tranquilamente delante de una taza de té, o le comunicaría enseguida que no estaba interesado y haría el gesto de cerrar la puerta, al mismo tiempo que delicadamente pediría disculpas por el rechazo, Si al menos fuera una enciclopedia musical, justificaría con una tímida sonrisa. En cualquiera de las situaciones la entrega de la carta sería fácil, digamos incluso que ultrajantemente fácil, y esto era lo que no le agradaba a la muerte. El hombre no la conocía a ella, pero ella conocía al hombre, habían pasado una noche en la misma habitación, y ella lo había oído tocar, cosas que, se quiera o no se quiera, crean lazos, establecen una armonía, dibujan un principio de relaciones, decirle en la cara, Va a morir, tiene ocho días para vender el violonchelo y encontrarle otro amo al perro, sería una brutalidad impropia de la mujer bien parecida en que se había transformado. Su plan es otro.

En la cartelera de la entrada del teatro se informa al respetable público de que en esa semana se iban a dar dos conciertos de la orquesta sinfónica nacional, uno el jueves, es decir, pasado mañana, otro el sábado. Es natural que la curiosidad de quien venga siguiendo este relato con escrupulosa y obsesiva atención, en busca de contradicciones, desenlaces, omisiones y falta de lógicas, exija que le expliquen con qué dinero va a pagar la muerte las entradas para los conciertos si hace menos de dos horas que acaba de salir de una sala subterránea donde no consta que existan cajeros automáticos ni bancos de puertas abiertas. Y, ya que se encuentra en plan de preguntar, también ha de querer que se le diga si los taxistas han pasado a no cobrar lo debido a las mujeres que llevan gafas de sol y tienen una sonrisa agradable y un cuerpo bien hecho. Ora bien, antes de que la malintencionada suposición comience a echar raíces, apresurémonos a aclarar que la muerte además de pagar lo que el taxímetro marcaba tuvo presente añadir una propina. En cuanto a la procedencia del dinero, si ésa sigue siendo la preocupación del lector, baste decir que salió de donde ya habían salido las gafas de sol, o sea, del bolso que llevaba colgado al hombro, puesto que, en principio, y que se sepa, nada se opone a que de donde ha salido una cosa no pueda salir otra. Lo que sí podría suceder es que el dinero con que la muerte pagó la carrera de taxi y tendrá que pagar las dos entradas para los conciertos, además del hotel donde se hospedará en los próximos días, esté fuera de circulación. No sería la primera vez que nos acostamos con una moneda y nos levantamos con otra. Es de presumir, sin embargo, que el dinero sea de buena calidad y esté cubierto por las leyes en vigor, a no ser que, conocidos como son los talentos mistificadores de la muerte, el taxista, sin darse cuenta de que estaba siendo estafado, haya recibido de la mujer de gafas de sol un billete de banco que no es de este mundo o, por lo menos, no de esta época, con el retrato de un presidente de república en lugar de la veneranda y familiar faz de su majestad el rey. La venta de billetes del teatro acaba de abrirse ahora mismo, la muerte entra, sonríe, da los buenos días y pide dos palcos de primera, uno para el jueves, otro para el sábado. Insiste a la taquillera que pretende el mismo palco para ambas funciones y que, cuestión fundamental, esté situado al lado derecho del escenario y lo más cerca posible. La muerte introdujo sin mirar la mano en el bolso, sacó la billetera y entregó lo que le pareció necesario. La taquillera le dio la vuelta, Aquí está, espero que le gusten nuestros conciertos, supongo que es la primera vez, por lo menos no recuerdo haberla visto por aquí, y mire que tengo una excelente memoria para las fisonomías, ninguna se me escapa, también es verdad que las gafas alteran mucho la cara de las personas, sobre todo si son oscuras como las suyas. La muerte se quitó las gafas, Y ahora qué le parece, preguntó, Tengo la certeza de no haberla visto antes, Tal vez porque la persona que tiene delante, esta que soy ahora, nunca ha necesitado comprar entradas para un concierto, hace pocos días tuve la satisfacción de asistir a un ensayo de la orquesta y nadie notó mi presencia, No lo entiendo, Recuérdeme que se lo explique un día, Cuándo, Un día, el día, el que siempre llega, No me asuste. La muerte sonrió con su preciosa sonrisa y preguntó, Hablando francamente, cree que tengo aspecto de darle miedo a alguien, No, qué cosas, no era eso lo que quise decir, Entonces haga como yo, sonría y piense en cosas agradables, La temporada de conciertos todavía durará un mes, Mire, ésa sí que es una buena noticia, quizá volvamos a vernos la semana próxima, Estoy siempre aquí, ya casi soy un mueble del teatro, Quédese tranquila, la encontraría aunque no estuviera aquí, Entonces la espero, No faltaré. La muerte hizo una pausa y preguntó, A propósito, ha recibido, o alguien de su familia, la carta color violeta, La de la muerte, Sí, la de la muerte, Gracias a dios, no, pero los ocho días de un vecino mío se cumplen mañana, el pobre está con una desesperación que da pena, Qué le vamos a hacer, la vida es así, Tiene razón, suspiró la empleada, la vida es así. Felizmente otras personas llegaron para comprar entradas, de otro modo no se sabe dónde podría haber acabado esta conversación.

Ahora se trata de encontrar un hotel que no esté muy lejos de la casa del músico. La muerte bajó andando hacia el centro, entró en una agencia de viajes, pidió que le dejaran consultar el mapa de la ciudad, situó rápidamente el teatro, de ahí su dedo índice viajó sobre el papel hacia el barrio donde vivía el violonchelista. La zona estaba un tanto apartada, pero había hoteles en los alrededores. El empleado le sugirió uno, sin lujo, pero confortable. Él mismo se ofreció para hacerle la reserva por teléfono y cuando la muerte le preguntó cuánto le debía por el trabajo respondió, sonriendo, Póngalo en mi cuenta. Es lo habitual, las personas dicen cosas a lo loco, lanzan palabras a la aventura y no se les pasa por la cabeza pensar en las consecuencias, Póngalo en mi cuenta, dijo el hombre, imaginando probablemente, con la incorregible fatuidad masculina, algún apacible encuentro en un futuro próximo. Se arriesgó a que la muerte le respondiera con una mirada fría, Tenga cuidado, no sabe con quién está hablando, pero ella apenas sonrió vagamente, se lo agradeció y salió sin dejar número de teléfono ni tarjeta de visita. En el aire quedó un difuso perfume en que se mezclaba la rosa y el crisantemo, De hecho, es lo que parece, mitad rosa mitad crisantemo, murmuró el empleado, mientras doblaba lentamente el mapa de la ciudad. En la calle, la muerte paraba un taxi y le daba al conductor la dirección del hotel. No se sentía satisfecha consigo misma. Asustó a la amable señora de la taquilla, se divirtió a su costa, y eso había sido un abuso sin perdón. La gente ya tiene suficiente miedo de la muerte como para necesitar que ella se le aparezca con una sonrisa y diciendo, Hola, soy yo, que es la versión corriente, familiar podríamos decir, del ominoso latín memento, homo, qui pulvis es et in pulverem reverteris, y después, como si fuera poco, estuvo a punto de lanzarle a una persona simpática que le estaba haciendo un favor esa estúpida pregunta con que las clases sociales llamadas superiores tienen la descarada altanería de provocar a las que están debajo, Usted no sabe con quién está hablando. No, la muerte no está contenta con su proceder. Tiene la certeza de que en el estado de esqueleto nunca se le habría ocurrido comportarse de esa manera, A lo mejor es por haber tomado figura humana, esas cosas deben de pegarse, pensó. Casualmente miró por la ventana del taxi y reconoció la calle por la que pasaban, es aquí donde vive el violonchelista, aquél es el bajo donde vive. A la muerte le pareció sentir un choque brusco en el plexo solar, una súbita agitación nerviosa, podía ser el estremecimiento del cazador al avistar la presa, cuando la tiene en la mira de la escopeta, podía ser una especie de oscuro temor, como si comenzase a tener miedo de sí misma. El taxi se detuvo, El hotel es éste, dijo el conductor. La muerte pagó con la vuelta que la taquillera del teatro le había entregado, Quédese con el resto, dijo, sin darse cuenta de que el resto era superior a lo que marcaba el taxímetro. Tenía disculpa, sólo hoy había comenzado a utilizar los servicios de este transporte público.

Al aproximarse al mostrador de recepción recordó que el empleado de la agencia de viajes no le había preguntado cómo se llamaba, se limitó a avisar al hotel, Les mando una clienta, sí, una clienta, ahora mismo, y ella estaba allí, esta clienta que no podía decir que se llamaba muerte, con letra pequeña, por favor, que no sabía qué nombre dar, ah, el bolso, el bolso que lleva colgado al hombro, el bolso de donde salieron las gafas de sol y el dinero, el bolso de donde va a salir un documento de identidad, Buenas tardes, en qué puedo servirla, preguntó el recepcionista, Han telefoneado de una agencia de viajes hace un cuarto de hora para hacer una reserva a mi nombre, Sí señora, he sido yo quien ha atendido, Pues aquí estoy, Puede rellenar la ficha, por favor. Ahora la muerte ya sabe el nombre que tiene, lo dice el documento de identidad abierto sobre el mostrador, gracias a las gafas de sol podrá copiar discretamente los datos sin que el recepcionista se dé cuenta, un nombre, una fecha de

nacimiento, un origen, un estado civil, una profesión, Aquí está, dijo, Cuántos días se quedará en
nuestro hotel, Pretendo salir el próximo lunes, Permítame que fotocopie su tarjeta de crédito, No la
he traído conmigo, pero puedo pagar ya, por adelantado, si quiere, Ah, no, no es necesario, dijo el recepcionista. Tomó el documento de identidad para
cotejar los datos pasados a la ficha y, con una expresión de extrañeza en la cara, levantó la mirada.
El retrato que el documento exhibía era de una mujer de más edad. La muerte se quitó las gafas de sol
y sonrió. Perplejo, el recepcionista miró nuevamente
el documento, el retrato y la mujer que tenía delante eran ahora como dos gotas de agua, iguales.
Tiene equipaje, preguntó mientras se pasaba la mano por la frente húmeda, No, he venido a la ciudad
a hacer compras, respondió la muerte.

Permaneció en la habitación durante todo
el día, almorzó y cenó en el hotel. Vio la televisión
hasta tarde. Después se metió en la cama y apagó la
luz. No durmió. La muerte nunca duerme.

Con su vestido nuevo comprado ayer en una tienda del centro, la muerte asiste al concierto. Está sentada, sola, en el palco de primera, y, como hizo durante el ensayo, mira al violonchelista. Antes de que las luces de la sala hubieran sido reducidas, mientras la orquesta esperaba la entrada del maestro, él se fijó en aquella mujer. No fue el único de los músicos en darse cuenta de su presencia. En primer lugar porque era la única que ocupaba el palco, lo que, no siendo raro, tampoco es frecuente. En segundo lugar porque era guapa, quizá no la más guapa de entre la asistencia femenina, pero guapa de un modo indefinible, particular, no explicable con palabras, como un verso cuyo sentido último, si es que tal cosa existe en un verso, continuamente escapa al traductor. Y por fin porque su figura aislada, allí en el palco, rodeada de vacío y ausencia por todos los lados, como si habitase la nada, parecía ser la expresión de la soledad más absoluta. La muerte, que tanto y tan peligrosamente había sonreído desde que salió de su helado subterráneo, no sonríe ahora. Del público, los hombres la habían observado con indecisa curiosidad, las mujeres con celosa inquietud, pero ella, como un águila bajando rápida sobre el cordero, sólo tiene ojos para el violonchelista. Con una diferencia, sin embargo. En la mirada de esta otra águila que siempre consigue a sus víctimas hay algo como un tenue velo de piedad, las águilas, ya lo sabemos, están obligadas a matar, así se lo impone su naturaleza, pero ésta, aquí, en este instante, tal vez prefiriese, ante el cordero indefenso, abrir rauda las poderosas alas y volar de nuevo hacia las alturas, hacia el frío aire del espacio, hacia los inalcanzables rebaños de las nubes. La orquesta se ha callado. El violonchelista comienza a tocar su solo como si sólo para eso hubiera nacido. No sabe que la mujer del palco guarda en su recién estrenado bolso de mano una carta de color violeta de la que él es destinatario, no lo sabe, no podría saberlo, a pesar de eso toca como si estuviera despidiéndose del mundo, diciendo por fin todo cuanto había callado, los sueños truncados, las ansias frustradas, la vida, en fin. Los otros músicos lo miran con asombro, el maestro con sorpresa y respeto, el público suspira, se estremece, el velo de piedad que nublaba la mirada aguda de águila es ahora una lágrima. El solo ya ha terminado, la orquesta, como un grande y lento mar, avanzó y sumergió suavemente el canto del violonchelo, lo absorbió, lo amplió, como si quisiera conducirlo a un lugar donde la música se sublimara en silencio, la sombra de una vibración que fuera recorriendo la piel como la última e inaudible resonancia de un timbal aflorado por una mariposa. El vuelo sedoso y malévolo de la acherontia atropos cruzó rápido por la memoria de la muerte, pero ella lo apartó con un gesto de mano que tanto se asemejaba al que hacía desaparecer las cartas de encima de la mesa en la sala subterránea como a un gesto de agradecimiento para con el violonchelista que ahora volvía la cabeza hacia ella, abriendo camino a los ojos en la oscuridad cálida de la sala. La muerte repitió el gesto y fue como si sus finos dedos hubieran ido a posarse sobre la mano que movía el arco. A pesar de que el corazón hizo todo lo que pudo para que tal sucediera, el violonchelista no erró la nota. Los dedos no volverían a tocarle, la muerte había comprendido que no se debe nunca distraer al artista en su arte. Cuando el concierto terminó y el público rompió en exclamaciones, cuando las luces se encendieron y el maestro mandó que la orquesta se levantara, y después cuando le hizo una señal al violonchelista para que se levantara, él solo, para recibir la parte de aplausos que por merecimiento le correspondía, la muerte, de pie en el palco, por fin sonriendo, cruzó las manos sobre el pecho, en silencio, y miró, nada más, los otros que batieran palmas, los otros que dieran gritos, los otros que reclamaran diez veces al maestro, ella sólo miraba. Después, lentamente, como a disgusto, el público comenzó a salir mientras la orquesta se retiraba. Cuando el violonchelista se volvió hacia el palco, ella, la mujer, ya no estaba. Así es la vida, murmuró.

Se equivocaba, la vida no es así siempre, la mujer está esperándolo en la puerta de artistas. Algunos de los músicos que van saliendo la miran con intención, pero notan, sin saber cómo, que ella está defendida por una cerca invisible, por un circuito de alto voltaje en que se quemarían como minúsculas mariposas nocturnas. Entonces, apareció el violonchelista. Al verla, se detuvo, incluso llegó a esbozar un movimiento de retroceso, como si, vista de cerca, la mujer fuera otra cosa que mujer, algo de otra esfera, de otro mundo, de la cara oculta de la luna. Bajó la cabeza, intentó unirse a los colegas que salían, huir, pero el estuche del violonchelo, suspendido de uno de sus hombros, dificultó la maniobra de esquive. La mujer estaba ante él, le decía, No me huya, he venido para agradecerle la emoción y el placer de haberlo oído, Muchas gracias, pero soy un músico de la orquesta, nada más, no un concertista famoso, de esos que los admiradores esperan durante una hora para tocarlo o pedirle un autógrafo, Si la cuestión es ésa, yo también se lo puedo pedir, no me he traído el álbum de autógrafos, pero tengo aquí un sobre que puede servir perfectamente, No me ha entendido, lo que quería decirle es que, aunque me sienta halagado por su atención, no creo ser merecedor de ella, El público no parece haber sido de la misma opinión, Son días, Exactamente, son días, y, por casualidad, es éste el día en que yo le aparezco, No querría que viera en mí a una persona ingrata, maleducada, pero lo más probable es que mañana se le haya pasado el resto de la emoción de hoy, y, así como ha venido hasta mí, así desaparecerá, No me conoce, soy muy firme en mis propósitos, Y cuáles son, Uno sólo, conocerlo, Ya me ha conocido, ahora podemos decirnos adiós, Tiene miedo de mí, preguntó la muerte, Me inquieta, nada más, Y es poca cosa sentirse inquieto en mi presencia, Inquietarse no significa forzosamente tener miedo, puede ser apenas una alerta de la prudencia, La prudencia sirve nada más que para retrasar lo inevitable, más pronto o más tarde acaba rindiéndose, Espero que no sea mi caso, Yo tengo la seguridad de que lo será. El músico se pasó el estuche del violonchelo de un hombro a otro, Está cansado, preguntó la mujer, Un violonchelo no pesa mucho, lo malo es la caja, sobre todo ésta, que es de las antiguas, Necesito hablar con usted, No veo cómo, es casi medianoche, todo el mundo ya se ha ido, Ahí hay todavía gente, Esperan al maestro, Podemos conversar en un bar, Me está viendo entrar con un violonchelo a la espalda a un sitio abarrotado de gente, sonrió el músico, imagínese que mis colegas fueran todos y se llevaran los instrumentos, Podríamos dar otro concierto, Podríamos, preguntó el músico, intrigado por el plural, Sí, hubo un tiempo en que toqué el violín, incluso hay retratos míos en que aparezco así, Parece que ha decidido sorprenderme con cada palabra que dice, Está en su mano saber hasta qué punto todavía seré capaz de sorprenderlo, No se puede ser más explícita, Se ha equivocado, no me estaba refiriendo a lo que ha pensado, Y en qué he pensado yo, si se puede saber, En una cama, en mí en esa cama, Perdone, La culpa ha sido mía, si yo fuera hombre y hubiera oído las palabras que le dije, seguramente habría pensado lo mismo, la ambigüedad se paga, Le agradezco la franqueza. La mujer dio unos pasos y dijo, Vamos, Adónde, preguntó el violonchelista, Yo, al hotel donde me hospedo, usted, supongo que a su casa, No volveré a verla, Ya se le ha pasado la inquietud, Nunca he estado inquieto, No mienta, De acuerdo, lo he estado, pero ya no lo estoy. En la cara de la muerte apareció una especie de sonrisa en la que no había sombra de alegría, Precisamente cuando más motivos debería tener, dijo, Me arriesgo, por eso le repito la pregunta, Cuál, Si no la volveré a ver, Vendré al concierto del sábado, estaré en el mismo palco, El programa es diferente, no tengo ningún solo, Ya lo sabía, Por lo visto, ha pensado en todo, Sí, Y el fin de esto, cuál será, Todavía estamos en el principio. Se aproximaba un taxi libre. La mujer hizo una señal para pararlo y se volvió hacia el violonchelista, Lo llevo a casa, No, la llevo yo al hotel y luego sigo a casa, Será como yo he dicho, o entonces toma otro taxi, Está habituada a salirse con la suya, Sí, siempre, Alguna vez habrá fallado, dios es dios y casi no ha hecho otra cosa, Ahora mismo podría demostrarle que no fallo, Estoy dispuesto para la demostración, No sea estúpido, dijo de repente la muerte, y había en su voz una amenaza soterrada, oscura, terrible. El violonchelo fue introducido en el portaequipajes. Durante todo el trayecto los dos pasajeros no pronunciaron palabra alguna. Cuando el taxi paró en el primer destino, el violonchelista dijo antes de salir, No consigo entender qué pasa entre nosotros, creo que lo mejor será que no volvamos a vernos, Nadie lo podrá impedir, Ni siquiera usted, que siempre se sale con la suya, preguntó el músico, esforzándose por ser irónico, Ni siquiera yo, respondió la mujer, Eso significa que fallará, Eso significa que no fallaré. El conductor había salido para abrir el portaequipajes y esperaba que retiraran el violonchelo. El hombre y la mujer no se despidieron, no dijeron hasta el sábado, no se tocaron, era como una ruptura sentimental, de las dramáticas, de las brutales, como si hubieran jurado sobre la sangre y el agua no volver a verse nunca más. Con el violonchelo colgado al hombro, el músico se apartó y entró en el edificio. No se volvió atrás, ni siquiera cuando en el umbral de la puerta, durante un instante, se detuvo. La mujer lo miraba y apretaba con fuerza el bolso de mano. El taxi partió.

El violonchelista entró en casa murmurando irritado, Está loca, loca, loca, la única vez en la vida que alguien me espera a la salida para decirme que he tocado bien, y me sale una mentecata, y yo, como un necio, preguntándole si no la volveré a ver, meterme en historias por mi propio pie, hay defectos que todavía pueden tener algo de respetables, por lo menos son dignos de atención, pero la fatuidad es ridícula, la infatuación es ridícula, y yo soy ridículo. Apartó distraído al perro que había corrido para recibirlo en la puerta y entró en la sala del piano. Abrió la caja acolchonada, sacó con el mayor cuidado el instrumento que todavía tendría que afinar antes de irse a la cama porque los viajes en taxi, incluso cortos, no le hacen ningún bien a la salud. Fue a la cocina para ponerle algo de comida al perro, se preparó un bocadillo para él, que acompañó con una copa de vino. Lo peor de su irritación ya se le había pasado, pero el sentimiento que poco a poco lo iba sustituyendo no era más tranquilizador. Recordaba frases que la mujer había dicho, la alusión a las ambigüedades que siempre se pagan, y descubría que todas las palabras que ella había pronunciado, si bien pertinentes en el contexto, parecían contener otro sentido, algo que no se dejaba captar, algo tantalizante, como agua que se retira cuando la intentamos beber, como la rama que se aparta cuando vamos a tomar el fruto. No diré que está loca, pensó, pero que es una mujer extraña, de eso no cabe duda. Terminó de comer y regresó a la sala de música, o del piano, las dos maneras por las que la hemos designado hasta ahora cuando hubiera sido mucho más lógico llamarla sala del violonchelo, puesto que es con este instrumento con el que el músico se gana el pan, en cualquier caso hay que reconocer que no sonaría bien, sería como si el lugar se devaluase, como si perdiera una parte de su dignidad, basta seguir la escala descendente para comprender nuestro razonamiento, sala de música, sala del piano, sala del violonchelo, hasta aquí todavía sería aceptable, pero imagínense adónde iríamos a parar si comenzamos a decir sala del clarinete, sala del pífano, sala del bombo, sala de los platillos. Las palabras también tienen su jerarquía, su protocolo, sus títulos de nobleza, sus estigmas plebeyos. El perro vino con el dueño y se echó a su lado después de haber dado las tres vueltas sobre sí mismo que era el único recuerdo que le había quedado de los tiempos en que fue lobo. El músico afinaba el violonchelo sirviéndose del diapasón, restablecía amorosamente las armonías del instrumento después del bruto trato que la trepidación del taxi sobre las piedras de la calle le había infligido. Durante unos minutos consiguió olvidarse de la mujer del palco, no exactamente de ella, sino de la inquietante conversación que habían mantenido en la puerta de artistas, si bien el violento intercambio de palabras en el taxi seguía oyéndose detrás, como un lejano redoble de tambores. De la mujer del palco no se olvidaba, de la mujer del palco no quería olvidarse. La veía de pie, con las manos cruzadas sobre el pecho, sentía que le tocaba su mirada intensa, dura como diamante y como éste radiante cuando le sonrió. Pensó que el sábado la volvería a ver, sí, la vería, pero ella ya no se pondría de pie ni cruzaría las manos sobre el pecho, ni lo miraría de lejos, ese momento mágico había sido engullido, deshecho por el momento siguiente, cuando se volvió para verla por última vez, así lo creía, y ella ya no estaba.

El diapasón había regresado al silencio, el violonchelo ya estaba afinado y el teléfono sonó. El músico se sobresaltó, miró el reloj, casi la una y media. Quién demonios será a estas horas, pensó. Levantó el auricular y durante unos segundos se quedó a la espera. Era absurdo, claro, era él quien debería hablar, decir el nombre, o el número de teléfono, probablemente responderían del otro lado, Es una equivocación, perdone, pero la voz que habló prefirió preguntar, Es el perro quien atiende el teléfono, si es así, que al menos haga el favor de ladrar. El violonchelista respondió, Sí, soy el perro, pero ya hace mucho tiempo que dejé de ladrar, también he perdido el hábito de morder, a no ser a mí mismo cuando la vida me repugna, No se enfade, le llamo para que me perdone, nuestra conversación enseguida tomó un rumbo peligroso, y ya se ha visto el resultado, un desastre, Alguien la desvió, pero no fui yo, La culpa fue toda mía, en general soy una persona equilibrada, serena, No me ha parecido ni una cosa ni otra, Tal vez sufra de doble personalidad, En ese caso debemos ser iguales, yo mismo soy perro y hombre, Las ironías no suenan bien de su boca, supongo que su oído musical ya se lo habrá dicho, Las disonancias también forman parte de la música, señora, No me llame señora, No tengo otro modo de tratarla, ignoro cómo se llama, qué hace, qué es, Lo sabrá a su tiempo, las prisas son malas consejeras, ahora mismo acabamos de conocernos, Va más adelantada que yo, tiene mi número de teléfono, Para eso sirve la información telefónica, en la recepción se han encargado de averiguarlo, Es una pena que este aparato sea antiguo, Por qué, Si fuese de los actuales sabría desde dónde me está hablando, Le hablo desde mi habitación del hotel, Gran novedad, En cuanto a la antigüedad de su teléfono, tengo que decirle que contaba con que fuese así, que no me sorprende nada, Por qué, Porque en usted todo parece antiguo, es como si en lugar de cincuenta años tuviera quinientos, Cómo sabe que tengo cincuenta años, Soy muy buena calculando edades, nunca fallo, Me está pareciendo que presume demasiado de no fallar, Tiene razón, hoy, por ejemplo, he fallado dos veces, le puedo jurar que nunca me había ocurrido, No entiendo, Tengo una carta para entregarle y no se la he entregado, podía haberlo hecho a la salida del teatro o en el taxi, Qué carta es, Asentemos que la escribí después de haber asistido al ensayo de su concierto, Estaba allí, Estaba, No la vi, Es natural, no podía verme, De cualquier manera, no es mi concierto, Siempre modesto, Y asentemos no quiere decir que sea cierto, A veces, sí, Pero en este caso, no, Felicidades, además de modesto, perspicaz, Qué carta es ésa, A su tiempo lo sabrá, Por qué no me la entregó, si tuvo oportunidad para ello, Dos oportunidades, Insisto, por qué no me la entregó, Eso es lo que espero llegar a saber, tal vez se la entregue el sábado, después del concierto, el lunes ya no estaré en la ciudad, No vive aquí, Vivir aquí, lo que se llama vivir, no vivo, No entiendo nada, hablar con usted es lo mismo que haber caído en un laberinto sin puertas, Ésa sí que es una excelente definición de la vida, Usted no es la vida, Soy mucho menos complicada que ella, Alguien escribió que cada uno de nosotros es por el momento la vida, Sí, por el momento, sólo por el momento, Estoy deseando que toda esta confusión se aclare pasado mañana, la carta, la razón de no habérmela dado, todo, estoy cansado de misterios, Eso que llama misterios muchas veces es una protección, hay quienes llevan armaduras, hay quienes llevan misterios, Protección o no, quiero ver esa carta, Si no fallo la tercera vez, la verá, Y por qué iba a fallar la tercera vez, Si eso sucediera sería por la misma razón que fallé las anteriores, No juegue conmigo, estamos como en el juego del ratón y el gato, El tal juego en el que el gato siempre acaba por cazar al ratón, Salvo si el ratón consigue ponerle un cascabel al gato, La respuesta es buena, sí señor, pero no es nada más que un sueño fútil, una fantasía de dibujos animados, aunque el gato estuviese durmiendo, el ruido lo despertaría, y entonces adiós ratón, Yo soy el ratón a quien le está diciendo adiós, Si estamos dentro del juego, uno de los dos tendrá que serlo forzosamente, y yo no lo veo a usted con figura ni astucia para gato, Luego estoy condenado a ser ratón toda la vida, Mientras ésta dure, sí, un ratón violonchelista, Otro dibujo animado, Todavía no se ha dado cuenta de que los seres humanos son dibujos animados, Usted también, supongo, He tenido ocasión de ver lo que parezco, Una mujer guapa, Gracias, No sé si ya ha notado que esta conversación se parece mucho a un flirteo, Si el telefonista del hotel se divierte oyendo las conversaciones de los huéspedes, ya habrá llegado a esa misma conclusión, Aunque sea así no hay que temer consecuencias graves, la mujer del palco, cuyo nombre sigo ignorando, se irá el lunes, Para no volver nunca más, Está segura, Difícilmente se repetirán los motivos que me hicieron venir esta vez, Difícilmente no significa que sea imposible, Tomaré las providencias necesarias para no tener que repetir el viaje, A pesar de todo ha merecido la pena, A pesar de todo, qué, Perdone, no he sido delicado, quería decir que, No se moleste siendo amable conmigo, no estoy habituada, además, es fácil adivinar lo que iba a decirme, aunque, si considera que debe darme una explicación más completa, quizá podamos seguir la conversación el sábado, No la veré hasta entonces, No. La comunicación fue interrumpida. El violonchelista miró el teléfono que todavía tenía en la mano, húmeda de nerviosismo, Debo de haber soñado, murmuró, esto no es aventura que me pueda pasar a mí. Dejó caer el teléfono en el soporte y preguntó, ahora en voz alta, al piano, al violonchelo, a las estanterías, Qué me quiere esta mujer, quién es, por qué aparece en mi vida. Despertado por el ruido, el perro levantó la cabeza. En sus ojos había una respuesta, pero el violonchelista no le prestó atención, cruzaba la sala de un lado a otro, con los nervios más agitados que antes, y la respuesta era así, Ahora que hablas de eso, tengo el vago recuerdo de haber dormido en el regazo de una mujer, puede que haya sido ella, Qué regazo, qué mujer, habría preguntado el violonchelista, Tú dormías, Dónde, Aquí, en tu cama, Y ella, dónde estaba, Por ahí, Buen chiste, señor perro, hace cuánto tiempo que no entra una mujer en esta casa, en ese dormitorio, venga, dígame, Como deberá saber, la percepción del tiempo que tienen los caninos no es igual que la de los humanos, pero creo que ha pasado mucho tiempo desde que recibiste a la última señora en tu cama, esto dicho sin ironía, claro está, O sea que soñaste, Es lo más probable, los perros son unos soñadores incorregibles, llegamos a soñar hasta con los ojos abiertos, basta que veamos algo en la penumbra para imaginar enseguida que se trata de un regazo de mujer y saltar sobre él, Cosas de perros, diría el violonchelista, Incluso no siendo cierto, respondería el perro, no nos quejamos. En su habitación del hotel, la muerte, desnuda, está delante del espejo. No sabe quién es.

A lo largo de todo el día siguiente la mujer no telefoneó. El violonchelista no salió de casa, a la espera. La noche pasó, y ni una palabra. El violonchelista durmió peor que en la noche anterior. En la mañana del sábado, antes de salir al ensayo, le pasó por la cabeza la peregrina idea de preguntar por los hoteles de alrededor si estaría hospedada una mujer de esta figura, este color de pelo, este color de ojos, esta forma de boca, esta sonrisa, este movimiento de manos, pero desistió del alucinado propósito, era obvio que sería inmediatamente despedido con un gesto de indiscutible sospecha y un seco, No estamos autorizados a dar la información que pide. El ensayo no le fue ni bien ni mal, se limitó a tocar lo que estaba escrito en el papel, sin otro empeño que no errar demasiadas notas. Cuando terminó corrió otra vez a casa. Iba pensando que si ella hubiera telefoneado durante su ausencia no habría encontrado ni un miserable contestador para dejar un recado, No soy un hombre de hace quinientos años, soy un troglodita de la edad de piedra, toda la gente usa contestadores telefónicos menos yo, rezongó. Si necesitaba alguna prueba de que ella no había llamado, se la dieron las horas siguientes. En principio quien telefonea y no tiene respuesta, telefonea otra vez, pero el maldito aparato se mantuvo silencioso toda la tarde, ajeno a las miradas cada vez más desesperanzadas que el violonchelista le lanzaba. Paciencia, todo indica que ella no llamará, quizá por una razón u otra no haya podido, pero irá al concierto, regresarán los dos en el mismo taxi como sucedió después del otro concierto, y, cuando lleguen aquí, él la invitará a entrar, y entonces podrán conversar tranquilamente, ella le entregará por fin la ansiada carta y después ambos le encontrarán mucha gracia a los exagerados elogios que ella, arrastrada por el entusiasmo artístico, escribió tras el ensayo en que él no la había visto, y él dirá que no es ningún rostropovich, y ella dirá no se sabe qué le reserva el futuro, y cuando ya no tengan nada más para decirse o cuando las palabras comiencen a ir por un lado y los pensamientos por otro, entonces se verá si puede suceder algo que valga la pena recordar cuando seamos viejos. En este estado de espíritu el violonchelista salió de casa, este estado de espíritu llevó al teatro, con este estado de espíritu entró en el escenario y se sentó en su lugar. El palco estaba vacío. Se atrasó, se dijo a sí mismo, estará a punto de llegar, todavía hay gente entrando en la sala. Era cierto, pidiendo disculpas por la incomodidad de levantar a los que ya estaban sentados los retrasados iban ocupando sus asientos, pero la mujer no apareció. Tal vez en el intermedio. Nada. El palco permaneció vacío hasta el fin de la función. Con todo, aún quedaba una esperanza razonable, la de que, habiéndole sido imposible llegar al espectáculo por motivos que ya le explicaría, estuviera esperándolo fuera, en la puerta de artistas. No estaba. Y como las esperanzas tienen ese destino que cumplir, nacer unas detrás de otras, por eso, pese a tantas decepciones, todavía no se han acabado en el mundo, podría ser que ella le esperase a la entrada del edificio con una sonrisa en los labios y la carta en la mano, Aquí la tiene, lo prometido es debido. Tampoco estaba. El violonchelista entró en casa como un autómata, de los antiguos, de los de primera generación, de esos que le tenían que pedir permiso a una pierna para mover la otra. Empujó al perro que acudió a saludarlo, dejó el violonchelo de cualquier manera y fue a tumbarse sobre la cama. Aprende, pensaba, aprende de una vez, pedazo de estúpido, te has portado como un perfecto imbécil, pusiste los significados que deseabas en palabras que al fin y al cabo tenían otros sentidos, e incluso ésos no los conoces ni los conocerás, creíste en sonrisas que no pasaban de meras y deliberadas contracciones musculares, te olvidaste de que llevas quinientos años a tus espaldas pese a que caritativamente te lo hubieran recordado, y ahora hete aquí, como un trapo, echado en la cama donde esperabas recibirla, mientras ella se está riendo de la triste figura que hiciste y de tu incurable tontería. Olvidado ya de la ofensa de haber sido rechazado, el perro se acercó a consolarlo. Puso las patas delanteras encima del colchón, levantó el cuerpo hasta llegar a la altura de la mano izquierda del dueño, allí abandonada como algo inútil, inservible, y sobre ella, suavemente, posó la cabeza. Podía haberlo lamido y vuelto a lamer, como suelen hacer los perros vulgares, pero la naturaleza, esta vez benévola, reservó para él una sensibilidad tan especial que hasta le permitía inventar gestos diferentes para expresar las siempre mismas y únicas emociones. El violonchelista se volvió hacia el perro, movió y dobló el cuerpo hasta que su propia cabeza pudo quedar a un palmo de la cabeza del animal, y así se quedaron, mirándose, diciéndose, sin necesidad de palabras, Pensándolo bien, no tengo ninguna idea de quién eres, pero eso no cuenta, lo que importa es que nos queremos. La amargura del violonchelista fue disminuyendo poco a poco, verdaderamente el mundo está más que harto de episodios como éste, él esperó y ella faltó, ella esperó y él no vino, en el fondo, y esto que quede entre nosotros, escépticos e incrédulos que somos, mejor eso que una pierna rota. Era fácil decirlo pero mejor sería haberse callado, porque las palabras tienen muchas veces efectos contrarios a los que se habían propuesto, tanto es así que no es infrecuente que estos hombres o esas mujeres juren y vuelvan a jurar, La detesto, Lo detesto, y luego estallen en lágrimas después de dicha la palabra. El violonchelista se sentó en la cama, abrazó al perro, que le puso las patas en las rodillas en un último gesto de solidaridad, y dijo, como quien a sí mismo se está reprendiendo, Un poco de dignidad, por favor, ya basta de lamentos. Después, al perro, Tienes hambre, claro. Moviendo el rabo, el perro respondió que sí señor, tenía hambre, hacía una cantidad de horas que no comía, y los dos se fueron a la cocina. El violonchelista no comió, no le apetecía. Además, el nudo que tenía en la garganta no le hubiera dejado engullir. Media hora después ya estaba en la cama, se había tomado una pastilla que le ayudara a entrar en el sueño, pero de poco le sirvió. Despertaba y dormía, despertaba y dormía siempre con la idea de que tenía que correr tras el sueño para agarrarlo e impedir que el insomnio viniese a ocupar el otro lado de la cama. No soñó con la mujer del palco, pero hubo un momento en que despertó y la vio de pie, en medio de la sala de música, con las manos cruzadas sobre el pecho.

Al día siguiente era domingo, y domingo es el día de llevar al perro a pasear. Amor con amor se paga, parecía decirle el animal, ya con la correa en la boca, dispuesto para salir. Cuando, en el parque, el violonchelista se encaminaba hacia el banco donde solía sentarse, vio, a lo lejos, que se encontraba allí una mujer. Los bancos del jardín son libres, públicos y en general gratuitos, no se le puede decir a quien llegó antes que nosotros, Este banco es mío, tenga la bondad de buscarse otro. Nunca lo haría un hombre de buena educación como el violonchelista, y menos aún ahora que le parece reconocer en la persona a la famosa mujer del palco de primera, la mujer que había faltado al encuentro, la mujer a quien vio en medio de la sala de música con la mano cruzada sobre el pecho. Como se sabe, a los cincuenta años los ojos ya no son de fiar, comenzamos a parpadear, a semicerrarlos como si quisiéramos imitar a los héroes de las películas del oeste o a los navegadores de antaño, sobre el caballo o a la proa de la carabela, con la mano sobre las cejas, escudriñando los horizontes distantes. La mujer está vestida de manera diferente, con pantalones y chaqueta de cuero, con certeza es otra persona, le dice el violonchelista al corazón, pero éste, que tiene mejores ojos, te dice que abras los tuyos, que es ella, y ahora mira a ver cómo te vas a portar. La mujer levantó la cabeza y el violonchelista dejó de tener dudas, era ella. Buenos días, dijo cuando se detuvo junto al banco, hoy podría esperarlo todo, menos encontrarla aquí, Buenos días, vine para despedirme y pedirle disculpas por no haber aparecido ayer en el concierto. El violonchelista se sentó, le quitó la correa al perro, le dijo, Vete, y, sin mirar a la mujer, respondió, No tiene de qué disculparse, es algo que siempre está sucediendo, la gente compra entradas y luego, por esto o por aquello, no puede ir, es natural, Y sobre nuestro adiós, no tiene opinión, preguntó la mujer, Es una delicadeza muy grande de su parte considerar que debería despedirse de un desconocido, aunque no sea capaz de imaginar cómo pudo saber que vengo a este parque todos los domingos, Hay pocas cosas que yo no sepa de usted, Por favor, no regresemos a las absurdas conversaciones que tuvimos el jueves en la puerta del teatro y por teléfono, no sabe nada de mí, nunca nos habíamos visto antes, Recuerde que estuve en el ensayo, Y no comprendo cómo lo consiguió, el maestro es muy riguroso con la presencia de extraños, y ahora no me venga con el cuento de que también lo conoce, No tanto como a usted, usted es una excepción, Mejor que no lo fuera, Por qué, Quiere que se lo diga, de verdad quiere que se lo diga, preguntó el violonchelista con una vehemencia que rozaba la desesperación, Sí, Porque me he enamorado de una mujer de quien no sé nada, que anda jugando conmigo, que mañana se irá para no sé dónde y que no volveré a ver, Será hoy cuando me vaya, no mañana, Para colmo, No es verdad que haya estado jugando con usted, Pues si no lo ha hecho, finge muy bien, En cuanto a que se haya enamorado de mí, no espere que le responda, hay ciertas palabras que están prohibidas en mi boca, Un misterio más, Y no será el último, Con esta despedida quedarán todos resueltos, Otros comenzarán, Por favor, déjeme, no me atormente más, La carta, No quiero saber nada de la carta, Aunque quisiera no se la podría dar, la he dejado en el hotel, dijo la mujer sonriendo, Pues entonces, rómpala, Pensaré en lo que he de hacer con ella, No necesita pensarlo, rómpala y se acabó. La mujer se puso de pie. Ya se va, preguntó el violonchelista. No se había levantado, tenía la cabeza bajada, todavía tenía algo que decir. Nunca la he tocado, murmuró, He sido yo quien no he querido que me tocara, Cómo lo ha conseguido, Para mí no es difícil, Ni siquiera ahora, Ni siquiera ahora, Al menos, un apretón de manos, Tengo las manos frías. El violonchelista levantó la cabeza. La mujer ya no estaba allí.

Hombre y perro salieron pronto del parque, los bocadillos fueron comprados para comerlos en casa, no hubo siestas al sol. La tarde fue larga y triste, el músico tomó un libro, leyó media página y lo dejó a un lado. Se sentó al piano para tocar un poco, pero las manos no le obedecieron, estaban entorpecidas, frías, como muertas. Y, cuando se volvió hacia el amado violonchelo, fue el propio instrumento quien se le negó. Dormitó en un sillón, quiso sumergirse en un sueño interminable, no despertar nunca más. Tumbado en el suelo, a la espera de una señal que no venía, el perro miraba. Tal vez la causa del abatimiento del dueño fuese la mujer que apareció en el parque, pensó, al cabo no era cierto ese proverbio que decía que lo que los ojos no ven, no lo siente el corazón. Los proverbios están constantemente engañándonos, concluyó el perro. Eran las once cuando sonó el timbre de la puerta. Algún vecino con problemas, pensó el violonchelista, y se levantó para abrir. Buenas noches, dijo la mujer del palco, pisando el umbral, Buenas noches, respondió el músico, esforzándose por dominar el pasmo que le contraía la glotis, No me pide que entre, Claro que sí, por favor. Se apartó para dejarla pasar, cerró la puerta, todo despacio, lentamente, para que el corazón no le explotara. Con las piernas temblando la acompañó a la sala de música, con la mano que temblaba le indicó el sillón. Pensé que ya se habría ido, dijo, Como ve, decidí quedarme, respondió la mujer, Pero partirá mañana, A eso me comprometí, Supongo que ha venido para traerme la carta, que no la ha roto, Sí, la tengo aquí en este bolso, Démela, entonces, Tenemos tiempo, recuerdo haberle dicho que las prisas son malas consejeras, Como quiera, estoy a su disposición, Lo dice en serio, Es mi mayor defecto, todo lo digo en serio, incluso cuando hago reír, principalmente cuando hago reír, En ese caso me atrevo a pedirle un favor, Cuál, Compénseme por haber faltado ayer al concierto, No veo de qué manera, Ahí tiene un piano, Ni se le ocurra, soy un pianista mediocre, O el violonchelo, Eso es otra cosa, sí, podré tocarle una o dos piezas si se empeña, Puedo escoger, preguntó la mujer, Sí, pero sólo lo que esté a mi alcance, dentro de mis posibilidades. La mujer tomó el cuaderno de la suite número seis de bach y dijo, Esto, Es muy larga, lleva más de media hora, y ya comienza a ser tarde, Le repito que tenemos tiempo, Hay un pasaje en el preludio en que tengo dificultades, No importa, sálteselo cuando llegue, dijo la mujer, o ni será preciso, ya verá que tocará aún mejor que rostropovich. El violonchelista sonrió, Puede tener la certeza. Abrió el cuaderno sobre el atril, respiró hondo, colocó la mano izquierda en el brazo del violonchelo, la mano derecha condujo el arco hasta casi rozar las cuerdas, y comenzó. De más sabía que no era rostropovich, que no pasaba de un solista de orquesta cuando la casualidad del programa lo exigía, pero aquí, ante esta mujer, con su perro echado a los pies, a esta hora de la noche, rodeado de libros, de cuadernos de música, de partituras, era el propio johann sebastian bach componiendo en cöthen lo que más tarde sería llamado opus mil doce, obras ellas casi tantas como fueron las de la creación. El pasaje difícil fue traspasado sin que él se hubiera dado cuenta de la proeza que había cometido, manos felices hacían murmurar, hablar, cantar, rugir al violonchelo, he aquí lo que le faltó a rostropovich, esta sala de música, esta hora, esta mujer. Cuando él terminó, las manos de ella ya no estaban frías, las suyas ardían, por eso las manos se dieron a las manos y no se extrañaron. Pasaba mucho de la una de la madrugada cuando el violonchelista preguntó, Quiere que llame un taxi que la lleve al hotel, y la mujer respondió, No, me quedaré contigo, y le ofreció la boca. Entraron en el dormitorio, se desnudaron, y lo que estaba escrito que sucedería sucedió por fin, y otra vez, y otra aún. Él se durmió, ella no. Entonces ella, la muerte, se levantó, abrió el bolso que había dejado en la sala y sacó la carta color violeta. Miró alrededor como si buscara un lugar donde poder dejarla, sobre el piano, sujeta entre las cuerdas del violonchelo o quizás en el propio dormitorio, debajo de la almohada en que la cabeza del hombre descansaba. No lo hizo. Fue a la cocina, encendió una cerilla, una humilde cerilla, ella que podría deshacer el papel con una mirada, reducirlo a un impalpable polvo, ella que podría pegarle fuego sólo con el contacto de los dedos, y era una simple cerilla, una cerilla común, la cerilla de todos los días, la que hacía arder la carta de la muerte, esa que sólo la muerte podía destruir. No quedaron cenizas. La muerte volvió a la cama, se abrazó al hombre, y, sin comprender lo que le estaba sucediendo, ella que nunca dormía, sintió que el sueño le bajaba suavemente los párpados. Al día siguiente no murió nadie.

Este libro se terminó de imprimir en
los talleres gráficos de Editorial Nomos S.A.,
en el mes de noviembre de 2005,
Bogotá, Colombia.

Ensayo sobre la lucidez
JOSÉ SARAMAGO

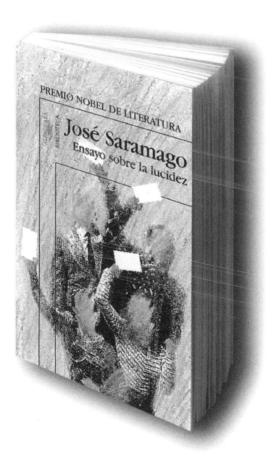

Ensayo sobre la ceguera
JOSÉ SARAMAGO

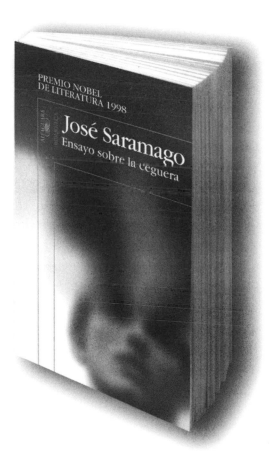